Therese und L. Alexander Metz

Damals beim Ainmiller

Landshuter
Wirtshausgeschichten

L.A.M.

Therese Metz
geboren am 27. Juni 1907 in Landshut
wuchs in einem renommierten Gastronomie- und Brauereibetrieb in Landshut, dem Ainmiller, auf. Obwohl sie zwei Kriege und zwei Geldentwertungen erlebt hatte und beruflich wie auch privat Enttäuschungen einstecken musste, verstand sie es, die schönen und angenehmen Seiten des Lebens wahrzunehmen.

Sie machte eine Lehre bei der Landshuter Zeitung, war Expedientin im Landshuter Brauhaus, Mutter eines Sohnes, Mitbegründerin der polnischen Fürstengruppe bei der Landshuter Fürstenhochzeit, begeisterte Tennisspielerin und Reiterin. Sie liebte den Tanz und die Musik, spielte selbst Klavier und sang gern Operettenlieder.
Mit 70 Jahren hielt sie ihre Erinnerungen an die „goldenen Zeiten" beim Ainmiller von 1911 bis 1939 in einem Album handschriftlich fest.
Sie verstarb am 28. Mai 1981 in Landshut.

Damals beim Ainmiller

Landshuter
Wirtshausgeschichten

von

Therese Metz

bearbeitet, ergänzt und herausgegeben von

L. Alexander Metz

Herstellung und Verlag:
BoD - Books on Demand, Norderstedt

Fotos aus dem Nachlass der Geschwister Metz

Umschlaggestaltung und Fotobearbeitung:
Roman Metz Photography München

Herausgeber:
L.A.M.
L. Alexander Metz
Hildegardstraße 6
80539 München

ISBN 978-3-7526-0662-1

Inhaltsverzeichnis

Landshut

Wahre Geschichten und Erzählungen

aus meinem Leben

1911 – 1939

Therese Metz

Landshut 1911

Das waren goldene Zeiten, als das Bürgertum noch hoch in Ehren stand, besonders in meiner Heimatstadt Landshut.

Wahrzeichen der althistorischen Stadt sind die Burg Trausnitz, die Martinskirche mit ihrem 133 Meter hohen Turm, dem größten Backsteinbau der Welt, und die wunderschöne Altstadt mit ihren gotischen Giebelhäusern, die immer wieder von allen Fremden bewundert werden.

Weltbekannt wurde die Stadt durch die Landshuter Fürstenhochzeit unter Herzog Ludwig dem Reichen, der 1475 seinen Sohn Georg an Jadwiga, eine Königstochter aus Polen, verheiratete. Alle vier Jahre, früher jährlich, begehen die Bürger der Stadt dieses Fest in Prunk und Würde mit einem Festzug und einem bunten Festspiel.

Landshut, den 27. Juni 1977   Therese Metz

Roman und Anna Metz
die Pächter vom Ainmiller

1911 bis 1939

Meine Familie

Roman Metz, mein Vater, geboren am 15. April 1873 in Pfeffenhausen bei Rottenburg, war der zweite Ehemann meiner Mutter. Sie, eine am 23. November 1874 in Landshut Achdorf geborene Anna Huber, hatte vor ihrer Heirat zwei glühende Verehrer, die noch dazu beste Freunde waren, den Georg Reiter und den Roman Metz. Meine Mutter entschied sich für Georg als Ehemann, Romans besten Freund.

Georg Reiter hatte die Lungensucht – die war damals sehr verbreitet – und erlitt bereits in der Hochzeitsnacht seinen ersten Blutsturz. Er starb mit 28 Jahren am 29. Januar 1899. Aus dieser Ehe stammte das Töchterchen Anna.

Unsere Schwester, das Annerl, wiederum starb bereits mit 13 Jahren am 10. April 1911 an einer Gehirnhautentzündung. Man erzählte, ein Böcklein auf der Grieserwiesen habe bei einem Spaziergang mit der Kinderfrau unsere Schwester gestoßen und sie dabei am Kopf verletzt.

Nach dem Tod Georg Reiters nahm meine Mutter den besten Freund ihres Gatten, Roman Metz, zum Mann. Die Hochzeit fand am 13. Februar 1900 statt. Aus dieser Ehe gingen weitere fünf Kinder hervor: meine Schwester Maria 1900, die Josefine 1901, ich 1907, Kathrin 1914 und Anna 1916. Mein Bruder Roman, der einzige Sohn meiner Eltern, geboren 1904, wurde nur 13 Jahre alt. Er starb nach kurzem, aber schwerem, mit größter Geduld ertragenem Leiden versehen mit den heiligen Sterbesakramenten. Todesursache war ein Blinddarmdurchbruch, den die drei herbeigerufenen Ärzte als eine Bauchfellentzündung diagnostiziert und entsprechend falsch behandelt hatten.

Meine Eltern führten jahrelang erfolgreich den Kochwirt in der unteren Altstadt, ehe sie am 16. Februar 1907 vom Privatier und Weißbierbrauereibesitzer Engelbert Lindemann um 55.000 Mark das Haus Nummer 107 in der unteren Altstadt kauften, das man in Landshut als das Weiße Bräuhaus kennt. Sie übernahmen damit auch eine Hypothek in Höhe von 45.000 Mark, die dem Privatier Adam Gnatz geschuldet war. Laut Vertrag kauften sie neben dem Wohnhaus, ein bewohnbares Seitengebäude mit Schlachthaus und Stiegenhaus, dazu die Stallungen, einen Eiskeller und ein Salzlager sowie den Hofraum vor und hinter der Stallung und einen Brunnen.

Glücklich wurden sie damit nicht. Nachdem der Braumeister die Treppe hinabgestürzt war und der Braubursche sich an der Sud verbrüht hatte, drängte meine Mutter, die eigentlich das Bargeld mehr liebte als Immobilien, zum Verkauf des Anwesens.

1909 verkauften sie das Weiße Bräuhaus an die Bierbrauerei- und Realitätenbesitzer Karl und Hugo Wittmann. Das heißt, sie tauschten das Wohnhaus, das bewohnbare Seitengebäude mit Sudhaus und Gärhalle, die Stallung, den Eiskeller, das Schlachthaus, das Holzlager und Waschhaus, den Hofraum vor und hinter der Stallung und den Brunnen, also insgesamt 0,05 Hektar mit der gesamten Weißbierbrauerei, der Ein- und Vorrichtung nebst Flaschen und allem sonstigen Zubehör, der Kühlanlage und dem Metzgerei- und Wirtschaftsinventar gegen ca. 10 Hektar Moorwiesen in Oberwattenbach.

Ohne Arbeit konnten meine Eltern nicht leben. Das Privatisieren lag ihnen nicht. Deshalb pachteten sie von 1909 bis 1911 die Gastwirtschaft zum Prantlgarten in Landshut. Meine Mutter war auch sehr darauf bedacht, Geld für den Altenteil zurückzulegen. „Pfenning auf Pfenning, Markl auf Markl" war ihr Leitspruch zum Thema Sparen. Und damals wurde wirklich noch mit Pfennigbeträgen gerechnet. Ein Kilo Kartoffeln kostete etwa 13 Pfennige, ein Liter Milch 21 Pfennige, 1 Kg Schweinefleisch 174 Pfennige und 1 Kg Rindfleisch 189 Pfennige.

1911 übernahmen meine Eltern die Brauereigaststätte Fleischmann, nach dem früheren Besitzer auch Ainmiller genannt.

Familie Metz mit Gästen 1926
Anna und Roman Metz und die Töchter Maria
Josefine und Therese
Annerl und Kathrin

Der Ainmiller 1916

Der Ainmiller

Der Ainmiller ist ein stattliches dreigeschossiges Giebelhaus in der Altstadt Landshuts nahe bei der Martinskirche gelegen. Sein Ursprung geht bis ins 15. Jahrhundert zurück. Seine neugotische Fassade mit den Treppengiebeln entstand um 1844. Es beherbergte die Brauerei der Familie Fleischmann. Nicht weit davon entfernt lagen das Krankenhaus, die Post, das Landgericht und das Amtsgericht. Also eine gute geschäftliche Lage für einen Wirtsbetrieb. Durch die ordentliche Führung des Restaurants war es bald das erste Haus am Platz.

Meine Eltern kamen aus gutbürgerlichen und vermögenden Familien. Der Name meines Vaters Metz stammt aus einem altfranzösischen Adelsgeschlecht. Sie waren in ihrem Wesen einfach, bescheiden und weit und breit bekannt als außerordentlich fleißige und tüchtige Geschäftsleute. Sie brachten das Restaurant bald zur Blüte. Der Erste Oberbürgermeister der Stadt Landshut Marschall schlug meinen Vater als Ehrenbürger der Stadt vor.

Wir hatten bei uns im Ainmiller schöne altdeutsche Lokale. Es gab ein Gastzimmer, ein Nebenzimmer, das vornehmlich als Speiselokal diente, und das berühmte grüne Zimmer für Vereine.

Unterirdisch, im Keller, befanden sich die Katakomben. Hier fanden oftmals Konzerte statt. Die Trachtenvereine trafen sich und auch Komiker wie Liesl Karlstadt, Karl Valentin und der Weiß Ferdl aus München traten in den Katakomben auf. Im Keller war auch eine Kegelbahn vorhanden. An einem jeden Wochentag war ein anderer Verein zum Kegeln bei uns. Im

Sommer saßen die Gäste sehr gerne vor dem Haus unter den Bögen.

Es verkehrten bei uns Leute aus Stadt und Land, Präsidenten, die Herren der Regierung, der Herr Oberbürgermeister, Stadträte und Beamte, Professoren, die Herren des Landgerichts und des Amtsgerichts, Ärzte und Offiziere. Es gab damals in Landshut ein Schwere-Reiter-Regiment und ein Infanterieregiment. Entsprechend kamen auch viele Offiziere zum Essen. Aus der Umgebung Landshuts fanden sich Grafen, Gutsbesitzer und Bauern bei uns ein. Sie waren alle, gleich welchen Standes, gut und herzlich bei uns im Ainmiller aufgenommen.

Meine Mutter war wegen ihrer gutbürgerlichen Küche weit über die Grenzen Landshuts hinaus bekannt. Was ihre Kochkunst betraf, so war Marie Buchmeier, eine Herrschaftsköchin, ihr großes Vorbild.

Mein Vater war wegen seiner Wurstspezialitäten berühmt. Täglich gab es frische hausgemachte Weiß- und Bratwürste, Schweinswürstel und warmen Leberkäs.

Oft hatten wir große Diners, Hochzeiten und Vereinsessen, Spanferkelpartien, Schlachtschüssel- und Jagddessen auszurichten. Besonders groß ging es her, wenn die Offiziere ihre Diners gaben. Wir deckten die Tische mit weißem Linnen, schmückten sie mit Blumen und brachen kunstvoll die gestärkten Servietten zu Bischofshüten. Das Besteck war in Silber gehalten. Wir alle, die Familie und die Bediensteten gleichermaßen, waren stets bemüht, alles recht schön und gut zu gestalten. Unsere Gäste sollten sich bei uns wohl und behaglich fühlen.

Wir hatten viele Vereine, Stammgäste und Kegelclubs zu festen Terminen. Somit wussten wir schon immer im Voraus, wer an welchem Tag zum Essen kommen würde.

Der Montag

Am Montag trafen sich bei uns abends die Herren Professoren der Realschule und des Gymnasiums zum Schafkopfen und Tarockspielen. An einem runden Tisch direkt in der Fensterecke spielten regelmäßig Präsident Klingenberg, der Baron von Steindling, der Baron von Luel, Oberst Hoffmann und der Herr Regierungsdirektor Wilhelm. Es mussten vier Herren zum Schafkopfspielen sein. Wenn einer der Herren fehlte, sprang mein Vater als Ersatzmann ein.

Die Herren Professoren spielten an den anderen Tischen Tarock. Es waren gemütliche, feine Abende. Man hörte oft nichts anderes als das Aufschlagen der Karten und das Lachen, wenn einer der Herren gewann oder verlor.

Um halb zehn Uhr war traditionell die große Pause und das Wurstessen angesagt. Alle freuten sich auf die guten Schweinswürstel, Bratwürstel und den warmen Leberkäs, den sie so gerne mochten. Dazu gab es frische Brezen und Schuberl aus der königlichen Hofbäckerei Limbrunner. Schuberl, das waren resche Roggensemmeln mit Kümmel bestreut.

In den Wintermonaten vor Weihnachten überraschte meine Mutter die Gäste gern mit einem Schafkopfpunsch, den alle Herren zu schätzen wussten.

Spätestens um Mitternacht brach man auf. Mein Vater verabschiedete sich von den Herren mit einem „Guten Abend, die Herrschaften! Es war uns eine Ehre, meine Herren. Beehren Sie uns wieder!"

Es wurde den Gästen die Türe geöffnet, und sie erwiderten den Gruß ebenso freundlich und manchmal auch leicht beschwipst.

Ab und zu wurden meine Schwester Josefine, die wir mal Baberl mal Fini nannten, und ich von den Herren Professoren zu Kaffee und Kuchen in die Martinsklause eingeladen. Das Café lag hinter der Martinskirche. Es war wegen der frischen Kuchen, dem guten Kaffee und der ausgezeichneten Weine sehr beliebt und deshalb auch immer gut besucht Die Herren waren stets gut gelaunt und sehr lustig. Es gab viel zu lachen, vor allem wenn sie sich gegenseitig hochnahmen.

Die Herren Professoren brachten uns auch immer wieder nach Hause zurück. Sie bedankten sich bei meinen Eltern persönlich dafür, dass sie uns erlaubten sie zu begleiten. Es waren halt noch Kavaliere der alten Schule.

Festzug der Hartschiere 1928

Der Schafkopf-Punsch

Für das nachstehende Punsch-Rezept der Anna Metz von 1931 ist ein sorgfältig gereinigter, irdener oder ein Emailletopf, der keine abgesprungene Stelle aufweisen darf, zu verwenden. Der Wein darf keinesfalls kochen. Er muss sofort von der Kochstelle genommen werden, sobald sich ein Aufschäumen am Rande des Topfes zeigt. Der Punsch schmeckt am besten, wenn er frisch vom Herd weg getrunken wird.

Rezept für 6 bis 8 Personen

1. Zuckerlösung: 750 g Zucker
   1 Liter warmes Wasser
   gut vermischen

2. Teeaufguss: 8 g feinen, schwarzen Tee mit 1/4 l kochendem Wasser übergießen
   den Tee 3 Minuten ziehen lassen, dann abseihen

3. Punschbasis: 4 Flaschen Rotwein
   Saft von vier Orangen
   Saft von zwei Zitronen
   abgeriebene Schale der vier Orangen
   abgeriebene Schale der zwei Zitronen
   in einem großen Topf zum Kochen bringen
   sobald die Masse aufwallt, sofort vom Feuer nehmen und durchseihen

4. Mischung   1 + 2 + 3 im großen Topf zusammen-
schütten und auf etwa 80 °C halten,
kurz vor dem Servieren 400 g Arrak hin-
zufügen

5. Verfeinerung

für Geschmackskorrekturen durch die
Trinker sind bereitzuhalten:
Staubzucker und Arrak

Anmerkung: Arrak war ein 35- bis 70-prozentiger Brannt-
wein aus Reis, Palmsaft oder Zuckerrohrmelasse, nicht zu ver-
wechseln mit dem Anisschnaps Arak. Heute nimmt man dazu
eher dunklen Rum.

In der Zeitschrift „Der Bayerische Gastwirt und Hotelier"
von 1. Januar 1932 wird die Herkunft des Punsches so erklärt:

Der Punsch hat seinen Namen von der indischen Zahl
Paanch, Fünf, weil er fünf Bestandteile enthalten soll: Rum, Zitrone, Zucker, Tee und Wasser.

Ein großer Punschbereiter war E. T. A. Hoffmann, der
Dichter der Grotesken gewesen, dem aus dampfender Terrine
allerhand Spukgestalten und Märchen aufgestiegen waren.

Hartschiergeneral Franz Xaver Rothenfelder
1930

Die Hartschiere

Jeden Montag tagte im grünen Zimmer der Verein der Hartschiere. Die Hartschiere waren einst die Leibgarde unseres Bayerischen Königs. Ehemalige Mitglieder dieser Garde bildeten
den Verein. Es waren lauter ältere Herren, die dem König die
Treue hielten und ihn zutiefst verehrten. Bei den Vereinsabenden wurde viel gesungen und musiziert. Eine große Rolle spielte
der Hartschiergeneral Franz Xaver Rothenfelder. Erst wenn er,
Franziscus Xaverius, erschien, begann der Abend. Und alle sangen dann vergnügt das Vereinslied:

Ein eisernes Band hält´ uns aneinand.
Es ist die Feuchtfröhlichkeit.
Hoch lebe sie allezeit!

Sie nannten das Lied ihren Schlachtruf und beendeten es mit
dem Feldgeschrei „Gesundheit! Gesundheit! Gesundheit!"

Danach wurde so mancher Krug Bier geleert. Es war eine
recht feuchtfröhliche Gesellschaft. Ein jeder Hartschier hatte
sein eigenes Stammtischkrügerl mit einem Zinndeckel, in dem
sein Name eingraviert war.

An Josephi, dem Festtag des heiligen Joseph, am 19. März,
gab es jedes Jahr einen Frühschoppen der Hartschiere im Garten des Herrn Brauereidirektor Fleischmann. Der Garten lag
am Fuße der Burg Trausnitz, gleich hinter der Jesuitenkirche.
Er war so schön angelegt wie ein Park mit einem Gartenhaus,
einem Springbrunnen und einer Gartenlaube. Schön gepflegte
Wege, üppige Blumenbeete und der alte Baumwuchs waren
ideal für einen Gartenfrühschoppen. Alle Jahre wurde bereits
zu Weihnachten für dieses Fest ein großes Fass Bockbier im Eis
vergraben. Der Bock machte seinem Namen alle Ehre. Er war

immer sehr stark und süffig. Papa machte an diesem Festtag besonders gute Weiß- und Bratwürste, und Mama sorgte für eine auswahlreiche Speisekarte.

Es wurden zum Josephi-Fest lange Tische gedeckt. Eine Musikkapelle spielte auf. Der starke Bock tat das Seine, und so waren unsere Herren Hartschiere jedes Mal bald in großartiger Stimmung. Es wurden Lieder gesungen, Reden geschwungen, musikalische Einlagen zum Besten gegeben und Gedichte vorgetragen. Beim Lied der Hartschiere kämpften die Herren vor lauter Rührung schon auch mal mit den Tränen.

So zog sich der Frühschoppen mehr und mehr in die Länge. Nachmittags kamen dann meine Eltern zur Begrüßung. Das gab jedes Mal ein Hallo. Die Musik spielte einen kräftigen Tusch, und dann wurde im Park ein Umzug gehalten. Ich durfte an der Spitze des Zuges mit dem Hartschiergeneral gehen. Hinter uns marschierten meine Eltern und dann all die anderen Hartschiere. Es gab viel zu lachen; denn so mancher tapfere Hartschier wackelte und schwankte ganz schön nach dem Takt der Musik.

Meine Mutter sorgte anschließend für einen starken Kaffee, damit die alten Herren alle gut und „nüchtern" den Heimweg fanden. Schon bald hörte man Pferdegetrappel; denn einige der Hartschiere fuhren in ihren Kutschen nach Hause. Lange noch wurde von dem schönen Josephi-Frühschoppen gesprochen und alle freuten sich wieder auf den Josephi-Tag im nächsten Jahr.

Ganz groß gefeiert wurde jedes Jahr auch der Geburtstag des Hartschiergenerals am 30. April. Ich durfte ihm mit einem Strauß Blumen und einem selbstverfassten Gedicht gratulieren. Alle waren begeistert. Vom Herrn Hartschiergeneral bekam ich einen Hartschierorden überreicht. Das war eine ganz besondere

Ehre. Vor allem war ich stolz, dass dies am nächsten Tag in der Landshuter Zeitung stand: „Beim Geburtstagsfest des Hartschiergenerals Franz Xaver Rothenfelder trug des Wirtes Töchterlein, Reserl Metz, ein selbstverfasstes Gedicht vor und überreichte dem Jubilar Blumen."

Zu seinem 90. Geburtstag verteilte der Herr General Rothenfelder an seine Freunde Karten mit folgendem Gedicht:

Haarschnitt 1932

Letzte Locke, was träumst du zu schmücken mein Haupt?
Ein Blättchen am Baum, den der Herbstwind entlaubt,
Das Laubwerk, frisch grünend, die Augen erfreut`,
Ein Opfer geworden der raffenden Zeit.
O Locke, die Schwestern, die stolz einst im Wind
Geflattert, fast völlig verschwunden jetzt sind.
O Locke, so einsam, ein trauriges Bild,
Mein wehmütig Mitleid und Sorge dir gilt,
Dich löse ich ab, verwend` dich zur Zier,
Dran Freude soll haben noch mancher Hartschier
An Orden, den Treuen zur Ehr, zum Gedenken ich gab
Des schlummernden Hauptes im nahenden Grab.

Franziscus Xaverius I   Landshut, den 30.IV.1932

Der Herr Hartschiergeneral Franz Xaver Rothenfelder, geboren am 30. April 1842, wurde 92 Jahre alt. Er starb am 21. Juli 1934 in Landshut.

Das grüne Zimmer

Das grüne Zimmer war sehr beliebt als Lokal für Vereinssitzungen, Hochzeiten und Gesellschaftsessen. Herr Professor Kuhn, ein ehemaliger Hartschier, war Kunstmaler und schmückte das Lokal meisterhaft mit prächtigen Gemälden aus. Auf einer Seite malte er die Burg Trausnitz, die Martinskirche und in Lebensgröße Hartschiere in ihren wunderschönen Uniformen mit den Buschhelmen. Alles war in Grün gehalten, die Vertäfelung, die Stühle und Tische, sogar der schöne alte Kachelofen. Die Sitze der Stühle waren mit Schweinsleder bezogen. Das grüne Zimmer mit seiner einzigartigen Atmosphäre war Ort vieler Feste und besonderer Begebenheiten.

Das grüne Zimmer

Der Dienstag

Dienstag war der große Gesellschaftstag. Die Geschäftsleute kamen nicht zuletzt, um vom Brauereibesitzer und dem Braumeister gesehen zu werden. Natürlich sprang dabei so der eine oder andere Geschäftsauftrag heraus, und das war für die Geschäftsleute von großer Bedeutung.

Im grünen Zimmer traf sich am Dienstag immer der Verein der Liedertafel. Hier wurden Lieder geprobt und gesungen.

In der Kegelbahn fand sich dienstags der Verein der königlich bayerischen Schützengesellschaft ein. Bei ihnen ging es immer recht lustig zu. Vor allem hielten sie auch viel auf gutes Essen und Trinken. Oft veranstalteten sie große Spanferkelpartien und Schlachtschüsselessen.

Besonders gelungen waren auch die Faschingsfeiern. An einem Faschingsdienstag trug sich einmal die folgende Geschichte zu:

Alle Mitglieder der königlich bayerischen Schützengesellschaft waren in originellen Masken erschienen. Nur zwei Herren fehlten noch bei der Feier. Man telefonierte nach ihnen und schon bald erschienen sie in einer sehr gelungenen Maskerade.

Sie trugen schwarze Hosen und statt eines Hemds hatten sie nur weiße, gestärkte Stehkragen und weiße Manschetten an. Oberkörper und Arme waren nackt. Jeder der beiden präsentierte einen schwarzen Zylinderhut auf dem Kopf. Das sah so komisch aus, dass alle in schallendes Gelächter ausbrachen, als sie den Raum betraten.

Es wurde viel Wein, Schnaps und Sekt getrunken, und alle waren bald schon in großartiger Stimmung, besonders die beiden Herren im Obenfastohnekostüm, sie hatten einen gehörigen Schwips. Der eine bat den anderen, seinen Freund den Schreinermeister Breiteneicher, mit ihm nach Hause gehen zu dürfen, da er den Zorn und das Donnerwetter seiner Ehefrau fürchtete, wenn diese ihn so betrunken empfangen würde.

Der Schreinermeister Breiteneicher ließ sich nicht lumpen und nahm seinen Freund bereitwillig mit, machte aber zur Bedingung, er solle in der Schreinerwerkstatt nächtigen. Da könne er auf einem Clubsessel seinen Rausch ausschlafen, meinte der Schreinermeister wohlwollend. Gesagt, getan. Meister Breiteneicher versperre auch nicht die Türe zu seiner Werkstatt und ließ ebenso die Haustüre unverschlossen, damit sein Kumpel sich jederzeit davonschleichen konnte, wenn er seinen Rausch ausgeschlafen hatte.

Beide verhielten sich beim Nachhausekommen trotz schwankenden Schrittes so ruhig, dass die Frau des Schreinermeisters nichts hörte und nichts mitbekam. Wie jeden Morgen wachte die Frau Breiteneicher pünktlich um sechs auf und dachte bei sich „Mein Mann schläft noch so gut, da sperre ich schon mal die Werkstatt und die Haustüre auf, damit der Geselle und die Lehrlinge reinkommen können."

Es war ihr in der Tat nicht ganz geheuer, dass sie die Türen bereits aufgesperrt vorfand. Als sie schließlich vorsichtig um sich spähend die Schreinerwerkstatt betrat, stieß sie einen Schrei des Entsetzens aus und rief aufgeschreckt, ja fast hysterisch nach ihrem Gatten; denn in dem Sarg, den sie für eine Beerdigung bereits vorbereitet hatten, lag eine männliche Leiche.

Die Frau Schreinermeister konnte sich erst wieder beruhigen, als ihr Mann ihr erklärte, dass die vermeintliche Leiche erstens sein Freund und zweitens gar nicht tot sei.

„Der schläft nur seinen Rausch aus und hat sich deshalb in den Sarg gelegt", beruhigte er, selbst noch ganz rauschig und verschlafen, seine bessere Hälfte .

Beide weckten nun den Freund im Sarg auf und telefonierten nach einer Taxe. Dann schickten sie den von den Toten Auferstandenen nach Hause.

Das war natürlich eine Riesengaudi und ein Hallo, als der Schreinermeister Breiteneicher am folgenden Dienstag beim Vereinsabend die Geschichte von seinem Freund im Sarg erzählte.

Das Nebenzimmer

Blut- und Leberwürste

Leber- und Blutwürste standen nicht nur am Schlachttag auf der Speisekarte. Mit Sauerkraut angerichtet gehörten sie zu den preiswerten Gerichten.

Blutwürste

Zutaten:

Schweineblut, Schweinehirn, Zwiebel, Speck, 1/4 Liter Milch, Majoran, Knoblauch, Petersilie, Salz, Pfeffer, Suppe, Schweinsdärme

Zubereitung:

Das Schweineblut wird in eine Schüssel geseiht, gesalzen und kräftig gepfeffert.

Das Schweinehirn wird blanchiert und mit etwas Petersilie fein gewiegt.

Der weichgesottene Schweinespeck wird in kleine Würfel geschnitten und zusammen mit einem Esslöffel feingeriebenen Majoran, einer feingewiegten Zwiebel und reichlich gehacktem Knoblauch in das Blut gemengt.

Dazu gießt man sodann gut 1/4 Liter Milch und rührt das vorbereitete Schweinehirn mitsamt der Petersilie darunter.

Die gut gereinigten größeren Schweinsdärme werden ungefähr in 20 Zentimeter lange Stücke geschnitten. Jedes Stück wird unten mit einem Stück Spagat zugebunden, mit der Wurstmasse gefüllt, dann auch am anderen Ende zugebunden und in reichlich heiße Suppe gelegt. Die Würste werden darin solange gebrüht, nicht aber gekocht, bis beim Anstechen mit einer Gabel kein Blut mehr herausläuft. Sodann werden sie in kaltem Wasser abgekühlt und bis zur Verwendung kühl aufbewahrt.

Serviervorschlag:

Blutwürste werden in heißem Wasser oder im Sauerkrauttopf wieder heiß gemacht und zusammen mit Leberwürsten auf Sauerkraut mit Salz- oder Röstkartoffeln angerichtet.

Leberwürste

Zutaten:

eine halbe Schweineleber, Schweinelunge, Schweineherz, ein halber Schweinekopf, Schweinemagen, Schweinehals, vier Zwiebeln, vier Zehen Knoblauch, Petersilie, etwas frisch geriebene Zitronenschale, Salz, Pfeffer, Majoran, Suppe, Schweinsdärme

Zubereitung:

Die Schweineleber wird von den Häuten befreit und fein gewiegt.

Lunge, Kopf, Herz, Magen und der fette Teil des Halses werden gründlich gereinigt und in reichlich heißem Wasser weichgekocht.

Der Kopf wird nach dem Kochen von den Knochen gelöst und zusammen mit den anderen gekochten Fleischteilen auf einem großen Holzbrett recht feingewiegt.

Das gewiegte Fleisch kommt mitsamt der Leber in eine große Schüssel.

Sodann wiegt man noch die Zwiebeln, den Knoblauch, die Schale einer ungespritzten Zitrone sowie ein Büschel Petersilie zusammen mit einem Esslöffel voll feingeriebenen getrockneten Majoran, Salz und Pfeffer und mischt das alles gründlich unter den Fleischbrei in der Schüssel. Von der Fleischbrühe gießt man etwa vier bis fünf Schöpflöffel hinzu und vermengt alles ganz gründlich.

Dann füllt man die gut gereinigten Schweinsdärme meterlang mit dieser Masse, bindet sie in Form von runden Würsten zusammen und brüht sie wie die Blutwürste. Zum Erkalten legt man sie in frisches Wasser.

Serviervorschlag:

Leberwürste werden in heißem Wasser oder im Sauerkrauttopf wieder heiß gemacht und zusammen mit Blutwürsten auf Sauerkraut mit Salz- oder Röstkartoffeln angerichtet.

Man kann sie aber auch in einer flachen Omelettpfanne mit einem Stückchen Butter oder Fett kurz abrösten und so schön hellbraun abgebräunt zu Sauerkraut servieren.

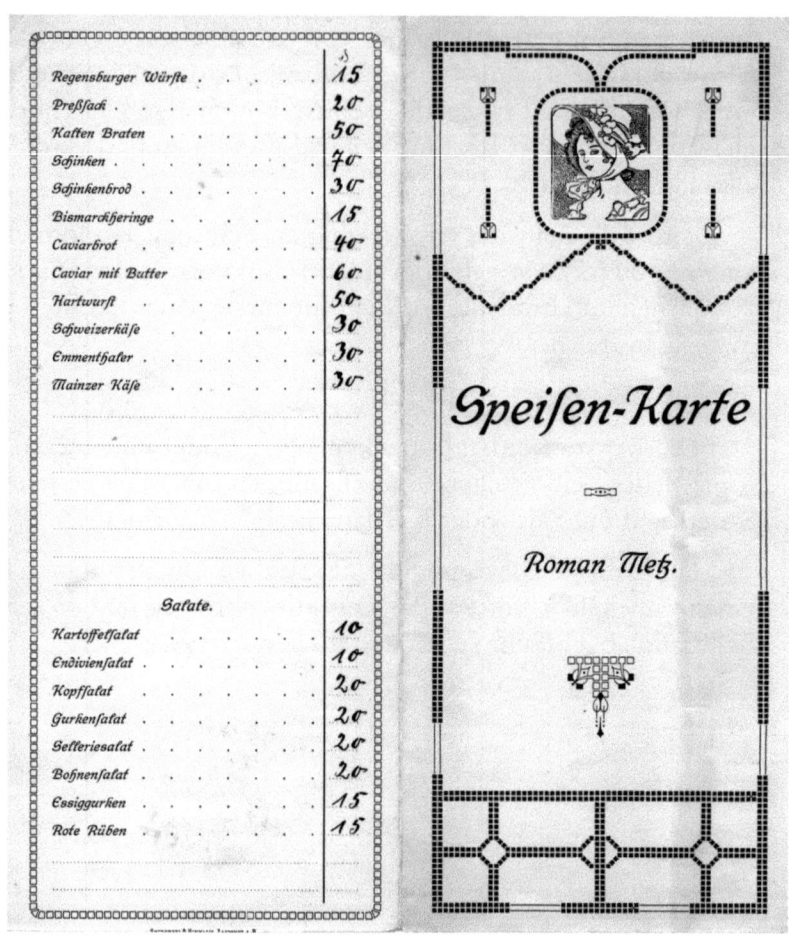

Regensburger Würste	15
Preßsack	20
Kalten Braten	50
Schinken	70
Schinkenbrod	30
Bismarckheringe	15
Caviarbrot	40
Caviar mit Butter	60
Hartwurst	50
Schweizerkäse	30
Emmenthaler	30
Mainzer Käse	30

Salate.

Kartoffelsalat	10
Endiviensalat	10
Kopfsalat	20
Gurkensalat	20
Selleriesalat	20
Bohnensalat	20
Essiggurken	15
Rote Rüben	15

Speisen-Karte

Roman Metz.

Speisenkarte 1936

Lebernockerl Suppe . . .	20
Nierenbraten mit Salat . .	80
Schlegelbraten „ „ .	70
Brustbraten „ „ .	70
Gratbraten „ „ .	70
Schweinsbraten „ „ .	80
do. mit Kraut . .	80
Schweinsohr „ „ .	60
Schweinsrüßel „ „ .	60
Schweinefleisch „ „ .	70
Schweinshaxel gebraten .	70
Geräuchertes mit Kraut .	80
Rostbraten . . .	90
Lammsbraten . . .	80
Rindsbraten . . .	90
Wienerschnitzel naturell .	90
Capernschnitzel . 1.	—
Kalbsschnitzel .	90
Paprikaschnitzel .	90
Kalbskotlett . 1.	—
Schweinskotlett . 1.	—
Pikffteiner .	60
Rindsgoulasch .	60
Kalbsgoulasch .	70
Echtes Wiener-Goulasch .	70
Beefsteak Ei . 1.	—
Lendenschnitten .	90
Kalbfleisch in Essig .	70
Kalbsschäuferl .	60
Schweinsschäuferl .	60

Taube gefüllt . . .	90
Hecht blau oder gebacken .	80
Huhn . . .	90
Ente . . . 1	20
Gans . . . 1	30
Hasenbraten . . .	90
Rehziemer . . .	80
Rehschlegel . . .	90
Hammelsbraten . . .	70
Bœuf à la mode . . .	70
Kalbskopf . . .	80
Kalbshaxe . . .	90
Bratwürstl per Paar . . .	20
Kalbszüngerl . . .	60
Schweinshaxl mit Kraut .	70
Schweinszüngerl „ .	60
Krone gedünstet . . .	70
Schweinszüngerl geräuchert .	80
Kalbsherz gespickt oder gedünstet .	70
Bries gebacken oder sauer .	80
Hirn „ „ „ .	60
Hasenragout mit Knödl .	50
Rehragout . . .	70
Gansragout . . .	70
Leber . . .	60
Nieren . . .	60
Lunge mit Knödl . . .	40
Leber- und Blutwürste mit Kraut .	40

Speisenkarte 1936

Der Mittwoch

Der Mittwoch war der Tag der Akademiker. Schon in der Früh kamen die Herren vom Landgericht und vom Amtsgericht zum Frühschoppen. Am Abend trafen sie sich zu einem gemütlichen Beisammensein.

Besonders gefeiert wurde von den Akademikern alle Jahre das Weihnachtsfest. Die Damen der Herren Akademiker kamen bereits einen Tag davor, um den Weihnachtsbaum festlich zu schmücken. Wir selbst zierten die Tische mit Tannengirlanden, rotbackigen Äpfeln und roten Kerzen. Ein jeder der Gäste bekam einen Teller mit Weihnachtsgebäck, das meine Mutter selbst gebacken hatte. Am Abend erschienen dann die Herren mit ihren Frauen, Töchtern und Söhnen. Die Damen kamen alle in eleganten Kleidern, die Herren trugen Frack.

Für die jungen Assessoren und die jungen Damen war eigens ein festlich gedeckter Tisch reserviert. Es gab Tischkarten mit Namen; denn die jungen Leute wurden so gesetzt, wie es den Eltern beliebte. Für so manche Tochter versuchte man an diesem Abend einen jungen, hoffnungsvollen Assessor zu angeln. Und tatsächlich standen bald schon nach Weihnachten die ersten Verlobungen ins Haus.

Der Herr Landgerichtspräsident selbst hielt traditionell immer die Weihnachtsansprache. Danach wurde „Stille Nacht, heilige Nacht" gesungen. Die feierliche Stimmung verband die Gäste zu einer großen Familie.

Nach der Wurstpause um 23:00 Uhr wurde noch lange geplaudert. Der Abend zog sich immer mehr in die Länge. In der Regel wurde dann beim Abschiednehmen noch ausgemacht, wer sich bereits am nächsten Morgen wieder zum Frühschoppen einfinden würde. Darauf waren wir immer ganz besonders gespannt; denn zum Frühschoppen kamen die jungen Paare, und man konnte sich schon ausmalen, wer sich bald verloben oder gar verheiraten würde. Die Eltern waren natürlich begeistert, wenn ihre Tochter von einem Akademiker mit zu erwartender Pensionsberechtigung gefreit wurde.

Roman Metz 1937

Weiß- und Bratwürste

Viele Gäste kamen zu uns wegen der guten Weiß- und Bratwürste, die mein Vater selbst herstellte. Jeden Morgen stand er schon um vier Uhr auf, um die Würste und den Leberkäs vorzubereiten; denn die ersten Gäste fanden sich bereits um sieben Uhr zum Weißwurstfrühstück ein.

Das Wort Bratwurst kommt nicht vom Braten, sondern vom Fleischbrät, eine helle Kalbfleischmischung. Bratwürste sahen aus wie dünne Weißwürste, aber ohne Petersilie. Sie wurden wie die Weißwürste nicht gebraten, sondern gebrüht.

Die Weiß- und Bratwürste kamen roh im Schweinedarm direkt in die Küche und wurden dort erst auf Bestellung der Gäste ins heiße Wasser gelegt. Nicht gekocht, weil sie sonst platzen. Da es noch keine Kühlmöglichkeiten wie heutzutage gab, durften die Würste vor allem in den Sommermonaten wegen der Verderblichkeit des rohen Fleischbräts das Zwölfuhrläuten nicht hören. Sollten wirklich einmal Weißwürste übriggeblieben sein, wurde das rohe Fleischbrät aus der Wursthaut gestrichen und zu Leberkäs verarbeitet, gewürzt und gebacken.

Weißwürste bestanden im Wesentlichen aus Kalbfleisch und Schweinespeck. Was die Menge des Specks für die Weißwürste betrifft, richtete sich mein Vater angeblich nach dem Wetter, damit die Würste immer die richtige Konsistenz erhielten.

Weißwurstrezept 1920

Es werden zweidrittel mageres, schlachtwarmes Kalbfleisch durch den Wolf gedreht, auf einer Zinktischplatte mit Salz gemischt und unter Zugabe von kaltem Wasser, etwa 40 Prozent anteilig – es gab zu dieser Zeit noch kein gecrushtes Eis, wie man es heutzutage verwendet – zu Brät geknetet.

Dann wird ein weiteres Drittel Schweinespeck (Rücken oder Schweinebacken) durch den Fleischwolf gedreht und schaumig gerührt.

Anschließend wird der eben zubereitete fluffige Speckbrei nach und nach mit dem Kalbfleischbrät vermischt.

Vier ausgelöste Kälberfüße oder die Haut von vier Kalbsköpfen werden einen Tag vorher weichgekocht und dann zusammen mit einer rohen Zwiebel durch die 3 mm-Scheibe des Fleischwolfs gedreht und zerkleinert. Auch dieses Gemisch wird mit dem Wurstbrät vermengt.

Als Gewürze streut man Pfeffer, Macisblüte, Muskat, fein gehackte Zitronenschale und frische, fein gewiegte Petersilie unter das Wurstbrät.

Die nun fertige Wurstmasse wird ohne chemische Zusätze in Schweinsdärme gefüllt und roh oder einmal gebrüht verkauft.

Für die Herstellung der Würste benutzte man keine Waage. Alles wurde nach Gefühl und Erfahrung zusammengemischt.

Dieses alte Rezept wurde mit der freundlichen Unterstützung von Metzgermeister Jakob Metz aus Rottenburg rekonstruiert.

Die Druiden

Die Katakomben im Keller des Ainmiller waren mittwochabends stets für den Verein der Druiden reserviert. Die Druiden waren eine Art Freimaurerloge.

Die Lokale unten in den Katakomben hatten sie nach ihren Vorstellungen und nach ihrem Geschmack ausbauen und ausgestalten lassen. Es gab da einen großen Gästeraum, eine Bibliothek und eine Art Kapelle, in der bei der Neuaufnahme eines Druiden die Taufe abgehalten wurde. Bei so einem Anlass wurde eine große Feier mit einem Diner und mit Tafelmusik veranstaltet. Die Herren kamen alle im Frack, und es ging dabei immer ganz groß, aber dennoch feierlich her.

Der Herr Dr. Kaspar Eisenreich, selbst ein Druide, zeigte sich als ein großartiger Künstler, wenn es darum ging, das Lokal der Druiden ideenreich zu dekorieren. Ich erinnere mich noch sehr genau daran, dass er einmal in der Mitte des Lokals einen Brunnen mit herrlichen Blumen aufbaute. Die Wasserfontäne leuchtete bunt in allen Farben. Ein technisches Wunder.

Besonders schön waren die Faschingsfeste der Druiden. Bei ihrem letzten Fest in den 1930er Jahren inszenierten sie sogar einen Oktoberfestrummel. Der Herr Dr. Eisenreich war in der ganzen Stadt als großartiger Organisator solcher Feste bekannt. Er baute in den Kellerräumen des Ainmiller ein Oktoberfest beeindruckend realistisch auf. Dazu gehörten ein Varieté-Theater, eine exotische Vogelschau, eine Würstelbraterei, ein Stand, auf dem Faschingskrapfen angeboten wurden, und viele andere Attraktionen. Dr. Eisenreich hatte sogar einen „Hau den Lukas" entworfen, an dem die Herren sehr zum Gaudium aller Anwesenden ihre Kraft messen konnten.

Die Blechmusik spielte auf und die Herren des Druidenvereins kamen mit ihren Damen in der Tracht der Dachauer Bauern und Bäuerinnen hereinspaziert. Auch waren viele originelle Masken zu sehen. Dr. Eisenreich selbst trat als Zauberer auf und faszinierte die Gäste mit magischen Tricks.

Es wurde getanzt und es wurden Bierlieder gesungen. Auch ein Festzug schlängelte sich begleitete von den Klängen einer Polonaise durch sämtliche Lokale des Hauses. Bis in den frühen Morgen dauerte das Faschingsfest.

Der Verein der Druiden hatte auch eine gute soziale Einrichtung. Mit dem Eintritt in den Verein war eine Sterbeversicherung verbunden. Wenn ein Mitglied starb, wurde in ganz Deutschland in den Logen Geld für die Hinterbliebenen gesammelt. Ich glaube mich zu erinnern, dass so eine trauernde Witwe bis zu fünfundzwanzigtausend Reichsmark bekam. Für die Hinterbliebenen war das natürlich eine große Hilfe.

Als die Nazis an die Macht kamen, löste Adolf Hitler schon bald alle Logen auf, nicht nur die der Freimaurer. Auch die Druiden Landshuts mussten ihr schönes Vereinslokal in unseren Katakomben räumen. Für die Umsetzung dieser Anordnung war die Schutzstaffel SS der NSDAP verantwortlich. Der Leiter dieser Staffel war Heinrich Himmler, ein Landshuter. Er wohnte mit seinen Eltern am Dreifaltigkeitsplatz gegenüber dem Münchner Tor. Die sich anschließende Innere Münchner Straße wurde sogar nach ihm in Heinrich-Himmler-Straße umbenannt.

Ungefähr ein Jahr nach der Auflösung des Vereines der Druiden erschien eines Tages in Landshut beim Juwelier und Hoflieferanten Rieger ein Mann, der sich als Vertreter der Sturmabteilung SA ausgab. Er kam angeblich aus München und bot dem Juwelier einen wunderschönen goldenen Pokal an, nach dessen

Wert er sich erkundigte. Herr Rieger erkannte jedoch sofort den Pokal wieder; denn es war sein Meisterwerk aus purem Gold. Die Druiden hatten einst das wertvolle Stück für ihre Rituale in Auftrag gegeben.

Herr Rieger bat den angeblichen SA-Mann, sich etwas die Beine zu vertreten und in etwa einer Stunde wieder vorbeizukommen. Bis dahin wollte er den Wert des Pokals ermitteln, den er ihm dann sofort abzukaufen vorgab. Der SA-Mann war damit einverstanden und verließ den Laden. Währenddessen verständigte der Juwelier Rieger den ehemaligen Vorsitzenden der Druiden. Der kam auch sogleich herbeigeeilt, und zwar in Begleitung eines Polizisten in Zivil. Als der SA-Mann, wie vereinbart, nach einer Stunde zurückkam, um das Geld für den Pokal in Empfang zu nehmen, war er nicht schlecht erstaunt, erfahren zu müssen, dass der goldene Pokal gestohlen worden sei und dem Verein der Druiden gehörte. Als der Polizeibeamte seinen Ausweis zückte, verließ der SA-Mann fluchtartig das Geschäft. So kamen die Landshuter Druiden wieder zu ihrem Pokal.

Der Trausnitz-Loge der Druiden in Landshut war tatsächlich kein langes Dasein beschert. Gegründet wurde sie am 11.2.1922, aufgelöst wurde sie durch Hitlers Dekret vom 19. Mai 1935 bereits zum 1. Juli 1935. Der Tagungsort des Druidenvereins war anfangs der Prantlgarten, danach die Ainmiller Brauerei in der oberen Altstadt. Wo die für die Logensitzungen benötigten Utensilien hingekommen sind, insbesondere der erwähnte Kelch, ist bis heute nicht bekannt.

Der Schützenkönig Tippel 1925

Der Donnerstag

Am Donnerstag, da kamen immer viele Gäste zum Schlachtschüsselessen. Besonders seien erwähnt der Herr Rechnungsrat Heller, der sich seine Schlachtschüssel stets mit großem Genuss schmecken ließ, und der Herr Regierungsrat Kollmannsberger, der nach so einem deftigen Essen noch gut seine zehn Halbe Bier trank.

Auch die Herren Waffenmeister Schwedler und Semmer sowie viele Offiziere waren treue und fleißige Stammgäste. Nach dem Essen wurde meist Schafkopf gespielt.

Im Nebenzimmer tagte der Waldverein. Vorstand war der Hauptlehrer Ferdinand Neumaier, der im Laufe seines Lebens die berühmte Waldler Messe und hundert andere Lieder komponiert hatte. An den Vereinsabenden las er gerne alte Waldler Geschichten vor, sang zusammen mit seiner Frau Lieder oder spielte auf der Zither.

Alle Jahre einmal fuhr der Waldverein in den Bayerischen Wald auf den Rusel. Dort lag die Landshuter Hütte, die dem Verein gehörte. Das war jedes Mal eine recht zünftige Fahrt.

In der Kegelbahn unten war am Donnerstag der große Kegelabend der Gebrüder Rauh und ihrer Freunde. Es waren liebe und treue Gäste. Und gute Zecher.

Kalbsschäuferl

Besonders beliebt war bei den Gästen das Kalbsschäuferl, das unsere Schwester Fini so gut wie keine andere zu kochen verstand. Das musste sogar Mama ihr zugestehen.

Zutaten:

Kalbsnuss, Butter, 2 Zwiebeln, Petersilie, Zitronenschnitzchen, Salz, Pfeffer, Fleischbrühe

Zubereitung:

Aus der Kalbsnuss werden fingerdicke, runde Scheiben geschnitten, etwas breit geklopft und mit Salz und Pfeffer bestreut.

In einer Pfanne oder in einem flachen Topf lässt man ein Stück Butter zerlaufen, jedoch nicht heiß werden, legt die Kalbfleischscheiben hinein und dämpft sie zugedeckt etwa 15 Minuten.

Währenddessen zerkleinert man fein mit dem Wiegemesser zwei geschälte Zwiebeln, einen kleinen Bund Petersilie und etwas Zitronenschale einer ungespritzten Zitrone.

Danach nimmt man den Deckel ab, brät die Schäuferl schön hellbraun, bestreut sie mit dem fein gehackten Gemüse und dünstet das Fleisch nochmals einige Minuten, nachdem man etwas Fleischsuppe hinzugegossen hat, damit sich etwas Soße bildet.

Serviervorschlag:

Die Kalbsschäuferl werden auf einer vorgewärmten Platte angerichtet und mit der Kräutersoße übergossen serviert.

Die Gründonnerstagssuppe

Meine Mutter, kochte am Gründonnerstag traditionell eine Kraidlsuppn (Kräutersuppe) mit frischem Kerbelkraut vom Markt. Hier das Rezept:

Zutaten:

Kerbelkraut, Zwiebel, Butter, Mehl, Semmelschnitten, Fleisch- oder Gemüsebrühe

Zubereitung:

Eine Handvoll Kerbelkraut wird gewaschen und gut ausgedrückt und mit etwas Zwiebel fein zusammengewiegt.

Ein Stückchen Butter wird in einem Tiegel heiß gemacht, das Gewiegte hineingegeben, ein wenig gedünstet, dann mit zwei Kochlöffeln voll Mehl bestäubt, nochmals etwas gedämpft, mit Fleisch- oder Gemüsebrühe verdünnt, noch einige Minuten gekocht, mit einem Ei gebunden und über einige gebähte (geröstete) Semmelschnitten angerichtet.

Vor dem Servieren kann man noch ein klein wenig, gewiegtes Kerbelkraut unterrühren und mit einem Hauch Musaktnuss abschmecken.

Natürlich darf man heutzutage auch etwas Sahne dazugeben. Ursprünglich aber war es eine gesunde, entschlackende Fastensuppe.

Der Freitag

Am Freitag war immer großer Markt in Landshut. Die Bauern brachten ihre Waren, Eier, Butter, Schmalz, Obst, Kälber, Schweine und Geflügel zum Verkauf in die Stadt. Die Grafen und Gutsbesitzer schickten ihre Verwalter mit den Produkten voraus. Sie selbst kamen dann in ihren schicken Kutschen mit den gepflegten Pferden nach.

Die Bauern trugen damals noch ihre Tracht: Lederhosen, Weste mit Silberknöpfen, eine Kette mit Talern, weite Hüte und einen Frack, die Bäuerinnen große schwarze, seidene Kopftücher. Je größer der Bauernhof, desto ausladender trugen sie das Kopftuch.

Bei uns im Ainmiller-Hof waren große Stallungen im Rückgebäude. Wir hatten einen Hausmeister mit dem Namen Isidor, der es besonders gut verstand, die Pferde ein- und auszuspannen. Er war bei allen Gästen sehr beliebt.

Jeden Freitag hatten wir eine große Einkehr. Da kamen von der Umgebung die Grafen von Kronwinkl und Altfraunhofen, Graf von Spreti aus Kapfing, Graf von Soden, Graf von Fürstenberg, die Grafen von La Rosée, die Grundbesitzer Rosenbeck und Leipfingen aus Vatersdorf, Beck Golding, der Bauer Kumhausen und viele andere.

Wir Kinder standen gern vor dem großen Hoftor unseres Hauses, um die Bauern mit ihren Gäuwagerln und Kutschen anfahren zu sehen. Immer dann, wenn der Herr Verwalter Kammermeier mit seiner Frau Kathi ankam, hatten wir besonders große Freude und Spaß; denn die beiden waren ein Paar, über das man gerne sprach.

Wenn der Herr Verwalter seiner Frau Kathi aus der Kutsche half, hob sie immer ihren langen Rock so hoch, dass man dabei ihre schönen Spitzenunterröcke und manchmal sogar das rosaseidene Strumpfband, das sie unterm Knie trug, sah.

Vor allem aber freuten wir uns über ihre Ankunft, weil wir wussten, dass nun bald schon auch die gräfliche Kutsche mit Graf von Preysing, dessen Frau und den beiden Kindern Sopherl und Klara nachkommen würden. Die Kinder durften mit uns solange spielen, bis die Herrschaften von ihren ausgedehnten Einkäufen zurückkamen.

Am Nachmittag trafen sich dann alle wieder bei uns zum Essen, bis es Zeit zur Heimfahrt wurde. Einige Male holte der Herr Verwalter uns Kinder auf Wunsch der Gräfin in einer Kutsche auf das Schloss Kronwinkl. Die Kinder des Grafen hatten einen Esel und ein Ponypferdchen. Wir spielten im Schlosspark und wurden zu Kakao und Kuchen eingeladen. Am Abend fuhr uns dann der Herr Verwalter wieder nach Landshut zurück. Für uns Kinder war das jedes Mal eine besondere Freude und Ehre.

Auch viele Bauern kamen nach dem Markt zu uns zum Essen und tranken am Nachmittag noch so manche Maß Bier. Wir wunderten uns oft darüber, dass sie trotz des vielen Alkoholes so gut nach Hause kamen. Aber wenn man fragte „Wie bist' d denn letzten Freitag heim g'kommen?", bekamen wir immer dieselbe Antwort: „Meine Ross finden von alloanings den Weg. Da derf i ruhig eischlafn. De bringen mi ganz sicher von alloans hoam."

Die Frau Gansl

Die Frau Gansl war eine ganz rasante Landwirtin eines Dorfes nahe unserer Stadt Landshut. Sie war eine große, blitzsaubere Weibsperson, und wenn sie am Freitag mit ihrem Mann in die Stadt fuhr, machte sie sich besonders hübsch. Dann trug sie ein großes, seidenes Kopftuch, ein seidenes Kleid, gestärkte Unterröcke und Schuhe mit hohen Absätzen. So rauschte sie durch die Stadt, dass die Leute die Köpfe nach ihr drehten. Eier, Butter und Hühner, alles was sie in die Stadt mitbrachte, verkaufte sie immer gleich direkt an meine Mutter.

„Wissen´S scho, Frau Metz", sagte sie mit dem Brustton der Überzeugung, "i ko mi doch ned mit mein´m seidnen Gwand am Markt hiesteh! Des verstengan´S scho? Gellns!"

Meine Mutter und wir alle hatten großen Spaß mit Frau Gansl; denn, wenn sie den Mund aufmachte und zu reden begann, sprach sie ein derbes Niederbayerisch. Ausdrücke und Namen wie „der Depp der bläde, des Rindviech des damisch" und auch das „Götz von Berlichingen"-Zitat waren ihr durchaus geläufig.

Natürlich war sie ihrem Mann nicht immer so ganz treu. Eine Zeitlang war sie in den Bürgermeister ihres Dorfes verliebt. Das war auch ein blitzsauberer und schneidiger Mann, der so recht zu ihr passte. Während ihr Mann das Vieh zum Markt trieb, traf sich Frau Gansl mit dem Herrn Bürgermeister bei uns zum Frühschoppen. Nicht selten musste unser Hausmeister Isidor urplötzlich den Wagen anspannen. Und dann fuhren beide weg. Wohin? Das weiß der liebe Gott.

Es kam auch vor, dass Frau Gansl alleine durch die Stadt kutschierte und die Peitsche knallen ließ. Damit wollte sie zeigen, wie schneidig sie die Kutsche zu lenken verstand. Sie war wirklich ein originelles Stück, und es gab mit ihr viel zu lachen.

Zu Mittag saß sie nach ihren Exkursionen wieder bei uns im Lokal und wartete brav auf ihren Mann, um mit ihm das Mittagsmahl einzunehmen. Nach dem Essen erschien dann auch der Herr Bürgermeister wieder und lud Frau Gansl und ihren Mann zum Kaffee ein.

Deutlich vernehmbar flüsterte Frau Gansl meiner Mutter ins Ohr: „Wenn mi der Buagamoaster scho zum Kaffee und zum Kuacha eilodt, frag ned, wia i den nacha herfriß! A Kuachastückerl nach dem andern und dann no zwoa Glaserl siaßen Wein gönn i mia heit. Und mei Mo, des is a a recht a Gschleckerter, des sag i dir! Gell, da war ma bläd, wenn ma´s ned doa dadn!"

Jahre ging das Spiel so weiter. Die Liebesgeschichte von Frau Gansl und dem Bürgermeister nahm erst ein Ende, als die Kinder der beiden Familien herangewachsen waren. Da passierte es doch tatsächlich, dass sich der Sohn der Frau Gansl in die Tochter des Bürgermeisters aus demselben Ort verliebte. Das war ihnen natürlich sehr peinlich. Der Bürgermeister zog sich mehr und mehr zurück.

Frau Gansl wollte die Kinder partout nicht heiraten lassen. Und so kam es zum Krach zwischen den Familien. Wieder vergingen Jahre, da setzten die Kinder sich doch durch, und eines Tages wurde eine große Hochzeit gefeiert. Die Tochter des Herrn Bürgermeisters heiratete in die Wirtschaft der Frau Gansl ein.

Die jungen Leute waren sehr fleißig und brachten es weit. Wo früher das Anwesen mit der kleinen Dorfwirtschaft stand, da steht heute eine große Hotelgaststätte mit Fremdenzimmern. Für die Landshuter ist dieses Restaurant eine beliebte Ausflugsgaststätte geworden.

Landshut 1920

Gefüllte Kalbsbrust

Zutaten:

Kalbsbrust, drei Semmeln, Milch, Zwiebel, drei Eier, Salz, Pfeffer, Muskatnuss, Butter, Fleischbrühe

Zubereitung:

Man lässt die Kalbsbrust am besten gleich vom Fleischer von den Rippen lösen.

Auf der äußeren Fläche der Kalbsbrust wird zwischen Haut und Fleisch ein Einschnitt gemacht und die ganze obere Brustseite so untergriffen, dass die Haut eine große Tasche bildet. Danach wird das Fleisch gründlich gewaschen und leicht gesalzen.

Nun werden drei Semmeln in dünne Scheiben geschnitten, in Milch eingeweicht und wieder gut ausgedrückt.

In einer Pfanne wird ein Stückchen Butter zerlassen und ein Esslöffel voll fein gehackter Zwiebel darin gelb geröstet. Die eingeweichten Semmeln werden dann dazugegeben und solange gewendet, bis sie sich leicht von der Pfanne lösen.

In einer Schüssel werden drei rohe Eier mit den wie oben beschrieben vorbereiteten Semmeln vermischt und mit etwas Salz und Muskatnuss abgeschmeckt.

Sodann wird die Tasche der Kalbsbrust mit dem vorbereiteten Semmelteig gefüllt und mit Nadel und Faden so zugenäht, dass die Fülle beim Braten nicht herausquellen kann.

Die Kalbsbrust wird mit der gefüllten Seite nach unten in eine Bratreine gelegt und mit etwas Pfeffer bestreut. Darauf legt man noch ein Stückchen Butter. In den Bratentopf gibt man eine zerteilte Zwiebel. Die Kalbsbrust wird ca. eineinhalb Stunden unter mehrmaligem Begießen mit der eigenen Soße, zu der noch etwas Fleischsuppe gegossen wird, und nach einmaligem Wenden schön hellbraun gebraten.

Serviervorschlag:

Die Kalbsbrust wird vom Faden befreit, in dicke Scheiben geschnitten und auf einer vorgewärmten Platte angerichtet.

Die Soße wird durch ein Sieb geseiht und heiß in einer Soßenschale zu Tisch gebracht. Dazu gibt es warmen Kartoffelsalat.

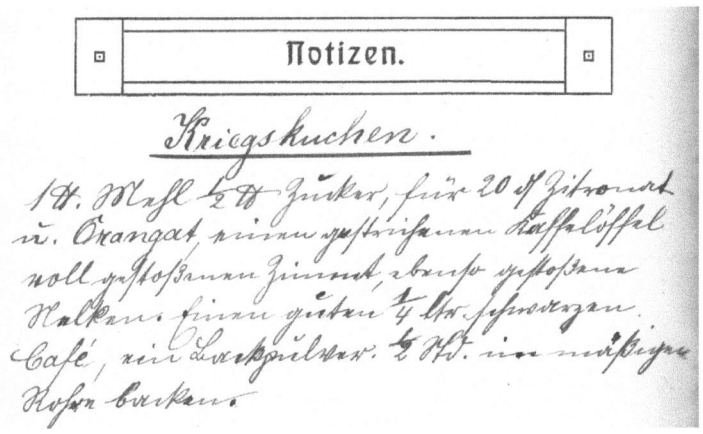

Kriegskuchen

1 Pfund Mehl, ½ Pfund Zucker, für 20 Pfenning Zitronat und Orangeat, einen gestrichenen Kaffeelöffel voll gestoßenem Zimt, ebenso gestoßene Nelken, hinzu guten ¼ Liter schwarzen Café, ein Backpulver. ½ Stunde in mäßigem Rohre backen.

Der Samstag

Jeden Samstag hatten wir viele Frühschoppengäste. Am Abend trafen sich die Apotheker mit ihren Frauen zu einem gemütlichen Beisammensein. Auch die hochwürdigen Herren Pfarrer von Sankt Martin kamen am Samstagabend zum Kartenspielen.

In den Katakomben war nachmittags bereits ab drei Uhr Konzert. Auch traten dort, vor allem vor dem Ersten Weltkrieg, Komiker und Volksschauspieler wie Liesl Karlstadt, Karl Valentin und Weiß Ferdl sowie Schuhplattler- und Gesangsgruppen auf. Es fanden sich viele Gäste aus der ganzen Umgebung Landshuts ein.

Als der Erste Weltkrieg ausbrach, lösten sich die Katakomben als Kunst- und Kulturstätte allmählich auf. Nach dem Krieg wurden die Katakomben dann für Vereinsveranstaltungen umgebaut.

Briesmilzwurst

Zutaten:

1 Kalbsmilz, 1 Kalbsbries, 70 g Kalbsleber, 125 g Kalbfleisch, 125 g Schweinefleisch, 1 Ei, 1 Semmel, 1 Zwiebel, etwas
Milch, Petersilie, Salz, Pfeffer, 1 Kalbsnetz, Fleischsuppe

Zubereitung:

Die Kalbsmilz wird sauber gewaschen und mit einem Messer
sorgfältig untergriffen, ohne sie zu beschädigen, gewendet und
auf das gereinigte Kalbsnetz gelegt.

Nun wird das Kalbsbries in lauwarmem Wasser gewaschen,
von der Haut befreit, in kleine Stücke geschnitten und in eine
Schüssel gelegt.

Ebenso werden 70 g Kalbsleber, 125 g Kalbfleisch und 125
g Schweinefleisch in Stückchen geschnitten und in die Schüssel
gegeben.

Man schneidet sodann eine Semmel in dünne Scheiben,
weicht sie in Milch ein und drückt sie wieder aus.

Nun wird in der Schüssel das vorbereitete kleingeschnittene
Fleisch mit der eingeweichten Semmel, einem rohen Ei, einer
sehr fein geschnittenen Zwiebel und Petersilie sowie mit etwas
Salz und Pfeffer gut vermengt.

Der Brei wird vorsichtig in die aufgeschlitzte Milz gefüllt,
diese dann zusammengenäht und sorgfältig in das Kalbsnetz
eingewickelt. Das Ganze wird dann mit einem Bindfaden gut
umschnürt und in genügend Fleischsuppe eine Stunde gekocht.

Serviervorschlag:

Die fertige Milzwurst wird in dicke Scheiben geschnitten und je Scheibe mit etwas Fleischbrühe auf einem Holzteller serviert. Dazu gibt es Kartoffelsalat und frisch geriebenen Meerrettich.

Die Milzwurstscheiben können auch wie Schnitzel paniert oder nur in Butter gebraten mit Kartoffelsalat serviert werden.

Speisen-Karte Hotel Schuhbräu
Bad Aibling

Der Sonntag

Am Sonntag hatten wir zahlreiche Gäste, die schon gleich nach dem Gottesdienst zum Frühschoppen kamen. Aber auch zum Mittag- und Abendessen trafen sich die Bürger unserer Stadt in unserem Restaurant. Viele Tische und Essen waren bereits im Voraus bestellt. Jahrelang waren treue und gute Gäste:

Herr und Frau Kommerzienrat Koller,
Herr und Frau Regierungsrat Sachsenhauser,
Herr und Frau Oberst Hoffmann,
Herr und Frau Doktor Sieppl,
Herr und Frau Goldschmiedemeister Rieger,
die Geschwister Kohlndorfer,
Herr Hofrat und Oberbürgermeister Marschall mit einigen Stadträten,
die Herren Zabusnik von der Landshuter Zeitung,
Herr Hofrat Doktor Schuh und Sanitätsrat Stanglmayr,
sowie Ärzte des städtischen Krankenhauses.

Der Herr Kommerzienrat Fahrmbacher war auch ein sehr treuer Gast. Jeden Sonntag nach dem Kirchgang nahm er bei uns ein Paket mit Weiß- und Bratwürsten mit nach Hause.

Der Rehbraten

Es war an einem Sonntag im Herbst, da hatten sich Gäste zum Wildessen angesagt. Man hatte Rehbraten bestellt. Zu solchen Anlässen gab sich meine Mutter immer ganz besondere Mühe beim Kochen. Gerade aber an jenem Sonntag im Herbst war unsere Kathi, die Köchin, krank und meine Mutter hatte alle Hände voll zu tun. Deshalb bat sie meine Schwester Maria, die älteste von uns fünf Schwestern, die wir auch die Maberl nannten, auf den Rehbraten aufzupassen, um zur rechten Zeit die Soße aufzugießen. Hierzu stand auf dem Herd ein Topf mit Brühe bereit. Daneben stand auf der großen Herdplatte aber auch ein Topf mit Kräutertee, den sich Mama zur Pflege ihrer Gesundheit vorbereitet hatte.

Unsere Maberl saß nun brav neben dem Herd und las einen Liebesroman, was meine Mutter überhaupt nicht leiden mochte.

„Während der Arbeit liest man nicht!", hatte sie meine Schwester oft ermahnt. „Und schon gar nicht solch ein Schundromanhefterl!"

Meine Schwester war völlig vertieft in das anscheinend sehr spannende Geschehen des Liebesromans, als der Duft angebratenen Fleisches sie jäh daran erinnerte, dass sie die Soße hätte längst schon aufgießen müssen. Rasch griff sie nach dem Topf, der auf dem Herd in ihrer Reichweite stand, und kippte den Inhalt schwungvoll in den Bratentiegel. Nur hatte sie in ihrer Aufregung den Kräutertee erwischt und nicht die dafür bestimmte Brühe.

In Panik legte sie den Liebesroman beiseite und versuchte mit einem Löffel die Teeblätter aus dem Rehbraten zu fischen.

Genau in diesem Augenblick erschien unsere Mama wieder in der Küche. Nichts hätte sie mehr entsetzen können als ein verpfuschtes Essen. Sie war verärgert über die missratene Tochter und verbot ihr wieder und ein für alle Male, in der Küche oder auch sonst wo Liebesromane zu lesen.

Meine Mutter seihte die Soße ab, um zu retten, was in ihren Augen noch zu retten war. Doch bereits als die ersten Gäste den Rehbraten verzehrt hatten, war sie mit meiner Schwester Maria, unserem Maberl, wieder versöhnt; denn die Gäste lobten den Rehbraten über den grünen Klee und versicherten, nie im Leben hätten sie einen besseren Rehbraten gegessen. Die Damen umringten nach dem Essen meine Mutter und fragten nach dem Rezept.

So hatte also unsere Maberl ganz unfreiwillig eine neue Kräutersoße zum Rehbraten erfunden. Wir nannten sie „Sauce alla Scharnhorst", weil der Graf in ihrem Romanheftchen als vom Geschlechte derer von Scharnhorst stammend vorgestellt wurde.

Rehbraten aus Tante Finis Rezeptbuch von 1916

Das Reh wird gehäutet und mit fein geschnittenem Speck gespickt.

Dann reibt man das Fleisch mit Salz ein und legt es auf der Speckunterlage in die heiße Bratpfanne.

Dann übergießt man den Baten mit reichlich heißem Fett, schiebt ihn in den Ofen und rechnet mit ¾ bis 1 Stunde Bratenzeit. Wenn er Farbe bekommen hat, übergießt man ihn nach und nach mit saurem Rahm und lässt ihn unter fleißigem Begießen braten.

Die Sauce wird vor dem Anrichten mit etwas Mehl aufgekocht und passiert.

Schwalbennester

Unsere Mama liebte Tiere. Wir hatten immer einen Hund, der den Ainmiller-Hof bewachte, und eine Katze, die das Haus von Mäusen freihielt. Ganz besonders gern aber mochte unsere Mama den Gesang der Schwalben, die alljährlich im wilden Wein auf der Rückseite des Ainmiller-Gebäudes ihre Nester bauten. Pünktlich an Mariä Geburt, um den 8. September, flogen sie nach Afrika in ihr Winterquartier und kamen Ende April, Anfang Mai wieder zurück. „An Mariä Geburt fliegen d' Schwaiberl furt", lehrte uns die Mama.

Wenn es ihre Zeit erlaubte, setzte sie sich zwischen Mittag- und Abendküche in den Hof, um die wärmenden Strahlen der Sommer- und Herbstsonne zu genießen und dem Gezwitscher der Schwalben zu lauschen, das immer dann besonders heftig anschwoll, wenn sie ihre Jungen fütterten.

Mama bewunderte die Vögel, wenn sie aus tausend Kügelchen ihre Nester formten. Männchen und Weibchen halfen da paritätisch zusammen und versorgten später auch gemeinsam die junge Brut. Auf die Leckerbissen, vornehmlich Mücken, wartend rissen die kleinen Vögel gierig ihre Schnäbel auf.

Gegen den Kot, den die Schwalben entlang der Mauer auf den Boden des Hofs fallen ließen, hatte die Mama keine Einwände, sorgte doch unser Hausmeister Isidor dafür, dass er immer wieder gründlich beseitigt wurde.

„D'Schwaiblerl bringen's Glück ins Haus", davon war Mama felsenfest überzeugt. Und seit die Schwalben im Weinstock wohnten, war sie mit unserem Geschäft durchaus zufrieden. Papa lachte dazu mit einem Augenzwinkern. Er liebe seine fleißige und herzensgute Anna über alles in der Welt.

Eines Tages vernahm Mama vom Küchenfenster aus ungewöhnliche Geräusche. Ein Rascheln, Knacksen und Knistern. Machte sich da jemand am Weinstock zu schaffen? Sie schickte die Magd in den Hof hinaus, um nachzusehen ,was da vor sich ging. Es war zu der Zeit, als die junge Frau des Brauereibesitzers ihr erstes Kind erwartete. Gesegneten Leibes sei sie, hörten wir Kinder die Erwachsenen flüstern.

„Die reißen den Weinstock weg", berichtete unsere Rosl ganz aufgeregt, als sie vom Hof wieder in die Küche zurückkam.

Mama blieb schier das Herz stehen, denn sie ahnte, was das für die Vögel, die darin genistet hatten, bedeutete. Sie eilte zur Tür hinaus, um sich selbst von dem zu überzeugen, was die Magd berichtet hatte. Männer in Arbeitskluft standen auf Leitern und zogen heftig an den Reben. Einige Schwalbennester lagen bereits auf dem Boden.

„Halt! Was macht Ihr da?", rief Mama ganz entsetzt.

„Auftrag von der Chefin", entgegnete einer der Arbeiter.

Mama lief, so schnell es ihre Körperfülle erlaubte, die Treppe in den zweiten Stock hinauf, um mit der in der Hoffnung Befindlichen zu sprechen und sie von ihrem Vorhaben abzuhalten. Zu spät.

„Ich will meinem Kind den Vogellärm nicht zumuten", war die Argumentation der werdenden Mutter. „Bei dem Krach kommt das Kind ja nie zur Ruhe."

Tief bestürzt zog sich meine Mama wieder in die Küche zurück. Sie setzte sich erschöpft auf einen Stuhl, schüttelte ihr Haupt und wiederholte immer wieder: „Sowas bringt koa **Glück!**"

Der Ainmiller-Hof war von den Resten des Weinstocks, von den Vogelnestern und dem Schwalbendreck längst befreit, als uns nach einigen Wochen die traurige Nachricht erreichte, die junge Frau habe ihr Kind verloren.

Gäste beim Ainmiller

Die Silberhochzeit 1925

Der Tag der Silberhochzeit meiner Eltern war ein Freitag. Sie ließen es sich nicht nehmen, treue Gäste und die Herren vom Landshuter Brauhaus zu einem Diner in den „Ainmiller" einzuladen. Meine Schwester Maria schrieb die silberumrandeten Tischkarten mit den Namen der Gäste und der Speisenfolge. Es gab eine Ochsenschweifsuppe, einen Spanferkelbraten mit diversen Beilagen, eine Käseplatte und zum Abschluss eine Schirafftorte.

Der Herr Kommerzienrat Ludwig Koller persönlich hielt zu Ehren der Gastgeber eine Rede:

„Werte Damen und Herren!

Ein Kreis von Freunden und treuen Kunden hat sich heute im Brauereiausschank Fleischmann der Landshuter Brauhaus AG eingefunden, um die Silberhochzeit der allseits beliebten Wirtsleute Roman Metz und seiner Gattin Anna zu feiern.

Der hierzu ergangenen Einladung habe ich umso lieber Folge geleistet, als ich die Familie Metz schon seit meiner Jugendzeit in bester Erinnerung habe und als eine stets angesehene und strebsame Bürgersfamilie kenne.

Der Vater des Jubilars war ein gutsituierter Gastwirt und Ökonom in Pfeffenhausen. Sooft er in die Stadt kam, kehrte er beim Kollerbräu ein. Es fuhr damals noch keine Eisenbahn. Ich kann mich noch erinnern, dass er gerne seine originellen Witze bei uns zum Besten gab. An vielen Orten der Umgebung, so in Moosburg und Kronwinkl, waren die Metzens vorwiegend im Brauerei- und Wirtsgewerbe mit besonderen Erfolg tätig.

Unsere Jubilarin, Frau Anna Metz, war zuvor mit dem Gastwirtschaftspächter Georg Reiter beim Kochwirt in Landshut vermählt. Nach dessen Ableben reichte sie am 13. Februar 1900 Herrn Roman Metz die Hand zum ewigen Bunde im Leben.

Herr Metz, gründlich ausgebildet im Wirts- und Metzgereigewerbe, verstand es, an der Seite seiner Ehegattin Anna, die als gute Köchin und tüchtige Hausfrau dort schon einen hervorragenden Ruf genoss, die ihm anvertraute Wirtschaft zum Kochwirt in der unteren Altstadt in besonderen Schwung zu bringen. Die schmackhafte und dabei preiswerte Küche der Frau Metz war bald gesucht.

Hierauf erwarb das Ehepaar Metz das Weiße Bräuhaus in der unteren Altstadt und später übernahm es die Gastwirtschaft zum Prantlgarten.

Infolge der gediegenen Geschäftsführung übertrug schließlich der Brauereibesitzer Eugen Fleischmann seinen renommierten Brauereiwirtschaftsbetrieb in Landshut im Jahre 1911 dem Metz'schen Ehepaar.

Seit dieser Zeit führt Herr Metz mit seiner unermüdlichen Ehegattin diesen Betrieb in guten wie in trüben Zeiten. Wir wissen ja alle, dass die letzten zehn Jahre, die unwilligen Kriegsjahre, oft recht hart waren und wir heute noch an deren Folgen schwer leiden.

Das Vaterland rief auch Roman Metz zu den Waffen. Zwei Jahre stand er in Russland als Landsturmmann und nahm an der Erstürmung von Warschau rühmend Anteil.

Das damals schwer zu führende Geschäft musste Frau Metz mit ihren Töchtern alleinig führen. Dazu kam die Knappheit der Lebensmittel, welche sich besonders im Wirtsgewerbe ungemein hart fühlbar machte.

Da war es der fleißige Vater Metz, welcher selbst am frühesten Morgen aufs Land hinauseilte, um für seine Gäste das nötige Fleisch, Fett und Mehl hereinzubringen, für seinen guten Mut immer einen Fuß schon im Gefängnis stehend.

Heute danken dem Wirt manche damalige Gäste diesen Opfermut nicht mehr. Sie zeigen sich nicht erkenntlich durch Besuch seiner Wirtschaft, sondern gehen an seinem Haus vorüber zum „Münchner Bier".

Es muss nicht leicht eine Stadt geben, die so wenig Lokalpatriotismus besitzt wie Landshut und das heimische Gewerbe so wenig unterstützt. Ein Wirt, wenn er auch in der Küche noch so wenig oder gar nichts bietet, aber wenn er fremde Biere einführt, macht das Geschäft; denn alles läuft hier bis zum höchsten Beamten in seine oft recht bescheidenen Lokale, obwohl die Landshuter Biere mindestens ebenso gut sind.

Die Wirte, welche ihren Beruf auch wirklich erlernt haben und die Pflege des Bieres verstehen und nebenbei im Metzgereigewerbe bewandert sind, werden immer weniger und müssen zusehen, wie ihnen von Leuten, die früher hier alles andere waren als Wirte, oft unnoble Konkurrenz bereitet wird.

Aber bei all diesen trüben Erscheinungen hat das Ehepaar Metz den Mut nicht verloren, unterstützt von seinen fünf wohlerzogenen Töchtern, das Geschäft in alter Höhe zu erhalten. So wollen wir heute an dessen silbernem Hochzeitstage geloben, es nach Möglichkeit zu unterstützen.

Gestatten Sie mir, dass ich heute im Namen aller Anwesenden den Eheleuten Metz zu ihrer Jubiläumsfeier die herzlichsten Glückwünsche darbringe. Mögen sie noch viele Jahre in Gesundheit ihrem Beruf nachkommen können. Möge es ihnen gegönnt sein, in dieser schweren Zeit finanziell vorwärts zu kommen, um den Abend des Lebens folgenlos verbringen zu können. Alle Anwesenden lade ich hiermit ein, ihr Glas zu erheben und auf die Familie Metz ein dreimaliges Hoch auszubringen."

Alle Gäste erhoben sich von ihren Plätzen und prosteten meinen Eltern zu. Dann stellten sie ihre Gläser auf den Tisch und klatschten in die Hände. Mama und Papa bedankten sich bei den Gästen, vor allem für ihre Treue.

Es war wieder einmal ein schönes und gelungenes Fest.

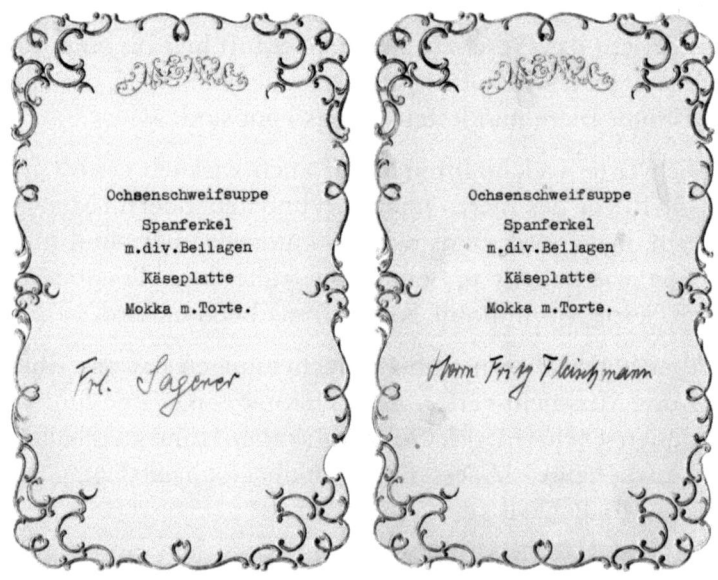

Tischkarten zur Silberhochzeit 1925

Schirafftorte

Zu besonderen Anlässen gab es als Nachtisch oder zum Kaffee eine Schirafftorte, wegen der Schokoladenpünktchen obendrauf auch Giraffentorte genannt. Da sie aus rohem Eiweiß gemacht wird, hat man sie wegen der Salmonellengefahr aus den Konditoreien verbannt.

Unsere Schirafftorten wurden von der Konditorei Belstner, einem alteingesessenen Familienbetrieb unter den Bögen im Herzen der Altstadt Landshuts gelegen, geliefert.

Zutaten
für den Biskuittortenboden:

3 Eier, 120 g Zucker, 90 g Mehl, 1 Prise Salz, 2 TL Backpulver

für die Schiraffschaummasse:

Eiweiß von 12 Eiern, 1 Pfund Zucker, 80 g Blockschokolade

für die Glasur:

Puderzucker, Wasser, etwas flüssige Schokolade

Zubereitung des Tortenbodens:

Die Eier mit dem Zucker schaumig schlagen, bis das Volumen sich gut verdoppelt und die Masse mit der Zeit schön dickflüssig wird.

Mehl mit Salz und Backpulver vermischen und in die Eiermasse vorsichtig sieben, damit keine Klümpchen entstehen.

Damit nicht zu viel Luft entweicht, das gesiebte Mehl vorsichtig unterheben.

Den Teig in eine gefettete runde Form einfüllen und im Ofen bei mäßiger Hitze backen, bis er goldbraun wird.

Mit einem Messer zwischen Teig und Formrand entlang fahren, um den Tortenboden vom Rand zu lösen. Den Biskuitboden auf ein Kuchengitter stürzen und abkühlen lassen.

Zubereitung der Schiraffschaummasse:

Eierschaum aus dem Eiweiß und mit 1 Pfund Zucker mischen und steifschlagen.

Blockschokolade schmelzen, die ausgekühlte flüssige Schokolade unter den Zucker-Ei-Schaum rühren.

Die Masse auf den Tortenboden setzen und mit einer Spachtel außen rund- und oben glattstreichen.

Puderzucker mit kaltem Wasser zu einem Brei verrühren. Die Oberfläche mit der weißen Wasserglasur bestreichen und darauf braune Schokoladentupfer setzen.

Das Festbierzelt

Wir führten oft das Festbierzelt zur Bartlmä-Dult und zur Landshuter Hochzeit. Tausende von Menschen besuchten das Festzelt. Da galt es jedes Mal viele Vorbereitungen zu treffen, um alle Gäste zufriedenzustellen.

Eine Musikkapelle musste bestellt und das gesamte Personal organisiert werden. Mein Vater versorgte die Küche mit Fleisch und Würsten. Da wurde groß geschlachtet und gewurstet. Bei uns gab es immer warme Speisen in der Küche des Festbierzeltes, und dementsprechend aufwändig war auch der ganze Betrieb zu führen.

Meine Schwester Fini, die wir oft auch das Baberl nannten, führte zusammen mit meiner Mutter das Regiment in der Küche. Ich stand an der Hauptkasse beim Bierausschank. Papa ging durch die Reihen und begrüßte die Gäste. Es war ihm eine große Freude, wenn der Festbetrieb schön lief.

Zum Bieranstich besuchten uns traditionell der Oberbürgermeister, die Stadträte und viele Vereine. Das gute Bier vom Landshuter Brauhaus lockte die vielen anderen Gäste an. Begonnen wurde das Fest mit einem großen Bierauszug, einem Festzug durch die Stadt. Mama und Papa fuhren in einer mit Blumen und Girlanden geschmückten Kutsche zum Festplatz. Es jubelten ihnen viele Leute am Straßenrand zu.

Der Nahensteig

Wenn man den Ainmiller Brauereihof überquerte, kam man zu einem großen Tor und durch dieses wiederum in den Nahensteig. Er lag am Fuße der Burg Trausnitz. Es standen dort kleine Giebelhäuser, in denen viele kinderreiche Familien wohnten, allesamt arme Leute.

Ein schmaler Weg führte zu einem alten Burgtor, von dort wiederum ging eine Treppe, Narrentreppe genannt, hinauf zur Burg Trausnitz. Den Namen hatte die Treppe einst erhalten, weil angeblich die Hofnarren sie benutzten, um von der Burg aus schnell die Stadt zu erreichen.

Wir Kinder hatten einen großen Schlüssel, mit dem wir das Burgtor öffnen konnten. Wir spielten oft und gern im Burg-Haag. Da gab es einen unterirdischen Gang, der führte von der Burg bis hinab in die Stadt zur Residenz. Zwei Luftschächte direkt beim Haupteingang, waren gut erhalten, und wenn wir im Haag Verstecken spielten, liefen wir natürlich in diese Gänge, um unsere Spielkameraden zu erschrecken. Diese alten Gänge sind heute verfallen und unbegehbar.

Der alte Baumwuchs, die dichten Rosenhecken und die bunte Blumenwiese im Haag waren für uns Kinder ein Paradies. Mama freute sich ganz besonders, wenn wir ihr einen schönen Blumenstrauß vom Spielen aus dem Haag mit nach Hause brachten.

Einmal im Jahr, wenn wir neu eingekleidet wurden, erlaubte uns Mama, den armen Kindern vom Nahensteig unsere abgelegten Kleider, Schuhe und auch andere Wäschestücke zu schenken.

Die Leute vom Nahensteig durften sich auch regelmäßig, wenn Schlachttag war, die Wurstsuppe bei uns holen. Mama ließ dann immer einen großen Topf mit der Wurstsuppe, eine fette Brühe, in der die Würste gekocht worden waren, vor die Küche stellen, und die Frauen vom Nahensteig holten sich die begehrte Delikatesse in Kochgeschirren nach Hause. Sie waren für alles so dankbar.

Doch auch mit unseren Kleidern, aus denen wir herausgewachsen waren, konnten wir den armen Leuten vom Nahensteig eine Freude bereiten. Meine kleinen Schwestern aber schossen bei einer solchen Aktion einmal etwas über das Ziel hinaus.

Meine Schwestern, das Annerl und die Kathrin, verschenkten eines Tages wieder einmal abgelegte Kleider und dabei nahmen sie im Übereifer auch eine große Schachtel, nämlich Mamas Hutschachtel, mit. Sie legten all die Sachen auf einen kleinen Leiterwagen und zogen damit in den Nahensteig. Mit einer Glocke läuteten sie die Frauen und Kinder aus den Häusern, die dann sogleich allesamt angerannt kamen.

Die Kinder freuten sich über die schönen Sachen zum Anziehen, die Frauen aber ganz besonders über die teuren, modischen Hüte, die Annerl und Kathrin nun großzügig aus der Hutschachtel meiner ahnungslosen Mutter verschenkten. Das waren ein Florentinerhut mit seidenen Blumen bestickt, ein Panamahut mit Reiherfedern und eine Samtkappe. Einige schwarze Hüte hatten Annerl und Kathrin wegen ihres Erfolges extra noch angeschleppt und an die Frauen vom Nahensteig verteilt.

Zuhause wurde dieser herbe Verlust von meiner Mutter zunächst nicht entdeckt. Als sie aber eines Tages nach den Hutschachteln suchte, um ihre Hüte für den nahenden Frühling aufzuputzen, war sie kaum zu trösten, als sie hörte, dass ihre beiden Lieblinge, Annerl und Kathrin, ihre schönen, teuren und heißgeliebten Hüte so respektlos unter das Volk gebracht hatten. Wir Kinder mussten alle antreten und eine gehörige Standpauke über uns ergehen lassen. Unsere Mutter gestattete uns künftig nur noch Sachen zu verschenken, die zu diesem Zwecke von ihr persönlich freigegeben wurden.

Papa selbst konnte sich ein Schmunzeln kaum verkneifen. Und Ruhe und Frieden kamen erst wieder in unsere Familie zurück, als Papa die Mama aufforderte, mit ihm in die Stadt zu gehen, um ein paar neue Hüte auszusuchen.

Anna Metz mit Kathrin und Annerl

Der Jesuiten-Bauhof

An den Nahensteig sich anschmiegend lag der Jesuitenhof, auch Bauhof genannt. Hier war zur damaligen Zeit der königliche Poststall untergebracht. Besitzer und königlicher Poststallhalter war der Herr Brauereidirektor Eugen Fleischmann persönlich. Er war sehr stolz auf seine prächtigen Pferde und auf die sauberen Stallungen.

Alle Tage wurden von hier aus bis zu zehn Kilometer im Umkreis der Stadt Briefe und Pakete ausgefahren. Es war jedes Mal ein herrliches Bild, wenn frühmorgens die Postillione in ihren schmucken Uniformen die Postkutschen durch den Nahensteig zur Altstadt lenkten. Sie trugen Lackstiefel, weiße Lederhosen, blauen Frack, Buschzylinder, weiße Lederhandschuhe und eine Peitsche in der Hand. Zwei der Postillione vermochten das Horn so kräftig zu blasen, dass man sie schon von weitem hören konnte.

Das Postamt selbst lag gegenüber vom Ainmiller, unserem Restaurant. So manches Fenster wurde geöffnet und so manches Mädchenherz schlug höher, wenn die feschen Postillione vorbeifuhren.

Am Abend, nach des Tages Arbeit, mussten die Postillione die Pferde putzen und füttern und die Postkutschen für den nächsten Tag saubermachen. Danach schmeckte ihnen im Bräustüberl die gute Brotzeit und gar manche Maß Bier.

Die Gäste setzten sich gerne zu den Postillionen; denn diese wussten vieles zu berichten, was sich tagsüber oder während der Woche in oder im Umkreis von Landshut ereignet hatte. Das war eine gemütliche und schöne Zeit.

Am Samstag, wenn ich mich recht erinnere, war Ruhetag und nur ein Mann hatte Stallwache zu halten. Wir Kinder spielten dann gerne im Jesuitenhof. Wir stiegen in die Postkutschen ein und aus und spielten Post. Das fanden wir wunderschön. Die Pferde kannten wir alle mit Namen, und sie bekamen von uns Zuckerwürfel und altes Brot.

Ich erinnere mich auch noch, dass die Stallungen licht, groß und sauber waren. Über jedem Pferdetrog hing ein lebensgroßer geschnitzter Pferdekopf, mit dem Namen des Pferdes, das hier seinen Platz hatte. Die Pferde selbst standen tief im Stroh und wurden mit Hafer und Heu gut gefüttert. Darauf achtete der Brauereibesitzer und königliche Posthalter Eugen Fleischmann ganz besonders. Er war für diese Aufgabe wie geschaffen.

Ein Sketch der Niederländter 1933

Die Niederländter

Nach dem Ersten Weltkrieg übernahm unter anderem auch der Verein der Niederländter die Katakomben-Lokale unseres Restaurants. Jede Woche einmal war Niederländter-Abend.

Bei der Aufnahme eines neuen Mitglieds gab es immer ein großes Diner. Bei ihren Zusammenkünften sprachen sie sich nicht mit ihren bürgerlichen Namen, sondern mit Niederländternamen an, die mit „van" begannen. Der Herr Brauereidirektor Ludwig Koller wurde zum Beispiel „van Kohlkerke" genannt. Sie trugen auch eine Niederländtertracht, sogenannte Wamslyns.

Jedes Jahr einmal fuhren die Niederländter nach Pappenheim, erst mit dem Floß auf der Isar bis nach Dingolfing, dann mit Bus oder Autos weiter durch das blühende Altmühltal nach Pappenheim. Hier kamen die Niederländter aller Logen aus ganz Deutschland zusammen. Das Treffen dauerte meist mehrere Tage und fand seinen Höhepunkt traditionell beim großen Festabend am Samstag, wo jedes Jahr eine andere Gilde ein Theaterstück aufführte.

Am darauffolgenden Sonntagmorgen war Frühschoppen im Schloss Pappenheim, zu dem der Fürst von Pappenheim persönlich einlud. Am Sonntagnachmittag veranstalteten die Niederländter einen bunten Festzug. Ganz Pappenheim war dann auf den Beinen, um bei diesem Ereignis dabei zu sein.

Die meisten Niederländter wohnten in Privatquartieren. Sie berichteten ein jedes Mal begeistert von ihren Erlebnissen und erzählten uns auch immer, dass sie so gut und freundlich aufgenommen wurden.

Alle Jahre freuten sich die Niederländter auf das schöne Fest.
Schon lange vorher probten sie unten in den Katakomben ihre
Theaterstücke, Lieder und kabarettistischen Vorträge. Die Nie-
derländter, sie waren uns alle liebe, gute und treue Gäste.

Die Niederländter

Fleischliche Genüsse

Rezepte aus Tante Finis Kochbuch von 1916

Unsere Schwester Josefine lernte im Hotel Schuhbräu in Bad Aibling das Kochen. Was sie dort lernte, trug sie handschriftlich in ein Büchlein ein.

Kalbsbrust gefüllt

Zur Fülle wird ½ Pfund Schweinefleisch verwiegt, 1 eingeweichtes und zerdrücktes Brötchen, 1 Prise Salz, Pfeffer, Muskatnuss, 1 Esslöffel voll Kapern, etwas Zitronensaft, in Fett gedünstete Zwiebel und Petersilie, 2 zerwiegte Sardellen, alles gut vermengt.

2 Pfund entbeinte, abgeriebene Kalbsbrust wird aufgeschnitten, gesalzen, gepfeffert und mit Zitronensaft beträufelt.

Die innere Fläche wird mit Eiweiß eingepinselt.

Nun füllt man die Fleischfülle in die Brusttasche ein, näht die Brust der Länge nach gut zu, gibt sie mit den Bratenzutaten in eine Reine, übergießt sie mit heißem Fett und lässt sie unter fleißigem Begießen 1 Stunde braten.

¼ Stunde vor dem Anrichten gießt man sauren Rahm darüber.

Beim Anrichten wird die Sauce entfettet mit etwas angerührtem Mehl, Fleischbrühe und Suppengrün aufgekocht und dann geseiht.

Kalbsvögerl

1 ½ Pfund Kalbfleisch vom Schlegel wird mit einem reinen Tuch abgerieben und in dünne Schnitzel geschnitten.

Diese werden mit Salz und Pfeffer eingerieben, mit fein geschnittenen Speckstreifen gespickt, zusammengerollt, gebunden und in Mehl gewendet.

Dann gibt man die Roulade mit den Bratenzutaten in eine Reine, brät sie schön braun und gießt sauren Rahm und Fleischbrühe darüber und lässt sie eine ¾ Stunde garen.

Beim Anrichten kann man die Sauce mit ein wenig Stärkemehl aufkochen.

Kalbsfrikandeau

2 Pfund Kalbsnuss, Speck zum Spicken, 60 Gramm Kochbutter, 1/8 Liter Wasser, 1/8 Liter sauren Rahm.

Das Fleisch wird nass abgerieben, geklopft, die Haut abgelöst, dann gespickt, in eine Bratreine gelegt, gesalzen, mit heißem Fett begossen und bei Mittelhitze ½ bis ¾ Stunde gebraten.

Das Fleisch soll nicht zu sehr durchgebraten sein. Es muss fleißig mit Fleischsuppe begossen werden und in der letzten Viertelstunde gibt man sauren Rahm dazu.

Die Sauce wird entfettet und mit Kartoffelmehl bündig gemacht.

Der königliche Hofopernsänger

Meine Mutter war als Wohltäterin bekannt bei Leuten, die in Not geraten waren. Kein Bettler durfte vor die Türe gehen, ohne etwas zu essen bekommen zu haben. Arme Studenten wurden umsonst verköstigt. Besonders aber schlug ihr wohltätiges Herz für notleidende Künstler.

Eines Tages stellte sich ein Herr als königlicher Hofopernsänger Josef Königer aus München vor. Er bat meine Mutter, ihm eine preiswerte Übernachtung zu gewähren. Und da er gehört hatte, dass in dem berühmten Grünen Zimmer des Ainmiller ein Klavier stünde, bat er weiterhin, hierin Gesangsstunden geben zu dürfen, um so ein klein wenig zu seinem Lebensunterhalt dazuverdienen zu können. Seine Frau in München, die von der guten Frau Metz in Landshut gehört habe, schicke ihren Mann mit der Bitte um wohlwollende Aufnahme.

Herr Königer war einmal ein ganz großer Sänger, jedenfalls gab er das vor. Angeblich habe er vor Kaisern und Königen gesungen, in Berlin, in Wien, in Paris, an der Mailänder Scala, in Amerika und in England. Auf alle Fälle glaubten alle, dass er sehr berühmt sei.

Eines Tages habe er eine große Erbschaft in Amerika gemacht, munkelte man, was ihn veranlasste ein Lotterleben zu führen. Er versoff und verspielte das ganze Vermögen und kam als armer Mann wieder nach Deutschland zurück. Natürlich hatte auch seine Stimme darunter gelitten und mit der großen Karriere war es ein für alle Mal aus und vorbei. So versuchte er durch Gesangsstunden für sich und seine Frau den Lebensunterhalt zu verdienen.

Meine gute Mutter überlegte nicht lange, gab dem königlichen Hofopernsänger Königer ein Fremdenzimmer zum Sonderpreis von zwei Reichsmark und gestattete ihm auch, im grünen Zimmer Gesangsstunden zu geben. Sie verlangte dafür keine Miete. Herr Königer war darüber hoch erfreut. Und schon bald kamen zu ihm die ersten Schüler, darunter viele gute, wohlhabende Herren, wie zum Beispiel der Herr Direktor Berger von der Keksfabrik, Herr Dr. Eisenreich, unser Zahnarzt, Herr Weinmeier, Besitzer einer Eisengroßhandlung, ein Orthopäde und einige Angestellte der Niederbayerischen Regierung.

Es fand sich um ihn eine schöne Gesellschaftsrunde zusammen, durch die Herr Königer oft zum Essen eingeladen wurde. Sie alle waren gute Zecher und zählten schon bald zu unseren Stammgästen. Meine Mutter meinte dazu, dass sich jede gute Tat im Leben lohne.

Herr Königer selbst fühlte sich bei uns wie zuhause. Er war sehr glücklich, eine so gute und preiswerte Unterkunft gefunden zu haben. Meine Mutter lud ihn nachmittags gerne auch zum Kaffee ein, weil er aus seinem bunten Leben als Opernstar so viele interessante Anekdoten zu berichten wusste.

Wir Kinder aber trieben gern unsere Späße mit ihm. Wenn er während der Gesangsstunden im grünen Zimmer seinen Schülern aus voller Brust Lohengrins „Leb wohl, mein lieber Schwan" vorsang, dann öffneten wir die Tür einen kleinen Spalt und plärrten hinein: „Fang noch mal an mit deinem Schmarrn!"

Wir Kinder fanden das sehr lustig, Herr Königer aber nicht. Er lief uns jedes Mal wutentbrannt mit seinem Taktstock hinterher. Unsere Mama machte unserem Trieben auf Bitten des großen Meisters ein Ende, indem sie uns ganz heftig schalt.

Fräulein Schrama

Auch Herrn Königers Schüler erlaubten sich so manchen Spaß mit ihm. Herr Königer bildete sich trotz seines fortgeschrittenen Alters immer noch ein, von den Damen hoch verehrt zu werden, was natürlich nicht mehr stimmte. Und eines Tages spielten ihm seine Freunde diesbezüglich einen groben Streich. Herr Loch schrieb an Herrn Königer aus lauter Gaudi und Übermut einen Liebesbrief mit folgendem Inhalt:

Hochverehrter Herr Königer!

Schon lange wollte ich Ihnen schreiben. Ich habe Sie singen gehört und bin von Ihnen restlos begeistert. Gerade so ein Mann wie Sie könnte mein Leben grundlegend verändern. Ich verehre Sie aus tiefstem Herzen und würde Sie gerne am Mittwochabend um sieben Uhr zu einem Abendessen höflichst zu mir einladen.

Es würde mir eine übergroße Ehre bedeuten, Sie persönlich kennenlernen zu dürfen. Ich wohne direkt in der Altstadt, in der Residenz, im 3. Stock. Bitte läuten Sie an und kommen Sie sogleich zu mir herauf. Ich erwarte Sie an meiner Wohnungstüre.

Mit herzlichen Grüßen
in tiefster Verehrung
Veronika Schrama

Der Name „Schrama" war natürlich rückwärts zu lesen, was Herr Königer in seiner naiven Überheblichkeit überhaupt nicht spannte. Als er den Brief erhielt, freute er sich auf die Einladung am Mittwochabend. Für seine Schüler und Freunde war dies allerdings eine große Gaudi. Die Herren versteckten sich am besagten Abend noch vor sieben Uhr unter den Bögen gegenüber der Residenz.

Bereits um sechs Uhr stolzierte Herr Königer mit einem Spazierstock und einem Blumenstrauß eine Virginia rauchend nervös vor dem großen Tor der Landshuter Residenz, dem ältesten Renaissancebau nördlich der Alpen, auf und ab. Er wusste nicht, dass dieser Bau längst nur als Museum diente. Schlag sieben zog Herr Königer wie vereinbart an der Glocke. Der Pförtner der Residenz öffnete die Türe und Herr Königer lief an ihm vorbei wie ein Flitzebogen die Treppe hoch, wie ihm geheißen. Dem Pförtner aber kam dieses Verhalten recht spanisch vor und er glaubte sogar, ein Dieb hätte sich auf diese Art und Weise in die Residenz eingeschlichen. Er forderte den Hofopernsänger Königer mit drohender Gebärde und lauter Stimme auf, sofort das Gebäude zu verlassen, und lief ihm dabei mit einem Stock bewaffnet hinterher.

Herr Königer schrie aufgebracht zurück, er sei hier von der Dame des Hauses persönlich eingeladen worden. Der Pförtner wiederum schrie zurück, es handle sich hier um ein Museum und nicht etwa um ein Etablissement. Und schließlich kam es zu einem Handgemenge. Herr Königer schlug mit seinem Blumenstrauß auf den Pförtner ein und dieser wiederum, ein großer und starker Mann, packte den königlichen Hofopernsänger respektlos beim Schlafittchen und beförderte ihn so recht unsanft ins Freie.

Die Freunde des Hofopernsängers standen auf der anderen Straßenseite unter den Bögen und erlebten, wie das große Tor der Residenz aufgerissen wurde und ihr hochverehrter Maestro im hohen Bogen herausflog. Kurz darauf öffnete sich das Tor noch einmal und diesmal flog ein recht zerrupfter Blumenstrauß hinterher.

Taumelnd richtete sich der Herr Hofopernsänger auf, drückte seinen Künstlerhut, der total zerknautscht war, zurecht und suchte schleunigst das Weite. Er ging mindestens eine Stunde lang spazieren, um sich von diesem Schrecken zu erholen. So etwas war ihm, dem hochverehrten Sänger und Künstler, dem Star der Mailänder Scala, in seinem ganzen Leben noch nie passiert, nicht einmal in Amerika.

Seine Schüler aber mussten herzhaft lachen. Sie eilten feixend die Altstadt hinauf zum Ainmiller, wo sie sich zum Stammtisch versammelten, um dort auf ihren Maestro, den Herrn Königer, zu warten. Sie mussten sich natürlich das Lachen schwer verkneifen, als er endlich ins Gastzimmer trat. Sie taten erstaunt darüber, dass er so lange ausgeblieben war und luden ihn wie gewohnt zum Essen ein. Scheinheilig fragten sie, warum er denn so erregt sei. So fing denn Herr Königer an zu erzählen, welch schlimmes Schicksal ihn, dem königlichen Hofopernsänger, hier zu Landshut ereilt hatte.

Nun konnten seine Stammtischbrüder das Lachen nicht länger mehr zurückhalten, und im Laufe des Abends kam Herr Königer auch dahinter, dass die Residenz in Landshut ein Museum ist, das höchstens von einem Wärter, nicht aber von einer schönen Frau bewohnt wird. Herr Königer selbst fand diese Angelegenheit gar nicht so lustig. Doch je mehr sich dieser Abend in die Länge zog, umso mehr vergaß er nach einigen Maß Bier seinen Ärger.

Tags darauf suchte Herr Loch den Pförtner der Residenz auf, den er sehr gut kannte. Er erzählte ihm die Geschichte vom Liebesbrief der Frau Schrama und vom Herrn Hofopernsänger Königer. Ein gutes Trinkgeld ließ den Pförtner den Vorfall gerne vergessen.

Der Steinpfosten vor St. Martin

Es war wieder einmal ein lustiger Abend. Man hatte Herrn Königer anlässlich seines Geburtstags eingeladen. Es gab gut zu essen und man trank mache Runde Schnaps, Bier und Wein. Und alle waren, wie üblich, in bester Stimmung.

Auf dem Heimweg kam Königers Freundeskreis auf die verrückte Idee, über den Steinpfosten vor der Martinskirche zu springen. Wer nicht drüber kam, hatte beim nächsten Treffen eine Runde Bier auszugeben. Wer natürlich nicht über den Stein springen konnte, war der Herr Hofopernsänger Josef Königer persönlich. Er hatte bereits nach dem ersten Versuch eine zerrissene Hose und aufgeschlagene Knie.

Doch das Schlimmste passierte Herrn Loch. Er hatte ein Holzbein, ein Andenken an den Ersten Weltkrieg, wie er es nannte, und beim Springen riss ihm doch tatsächlich der Riemen seiner Prothese, so dass er sein Holzbein verlor. Das war natürlich eine schöne Bescherung! Seine Freunde mussten furchtbar lachen. Sie halfen ihm auf, setzten ihn auf die Stufen der Martinskirche, zogen ihm die Hosen aus und versuchten ihm das Holzbein wieder anzubinden. Vergebens; denn der Riemen war gerissen. Entschlossen holte einer der Herren rasch eine Taxe, ein anderer trug das Holzbein unter dem Arm, und so wurde Herr Loch in Begleitung einiger seiner Stammtischbrüder mit dem Auto nach Hause gefahren.

Herr Loch wohnte in der Schirmgasse, also gar nicht weit entfernt vom Ort des Geschehens. Als sie dort ankamen, läuteten sie seine Frau heraus. Sie öffnete auch sogleich die Haustür;

denn sie hatte ihren Mann schon längst erwartet. Er war sozusagen überfällig. Sie stieß einen Schrei des Entsetzens aus, als vier kräftige Herren ihren Gatten die Stiege hinauftrugen.

Sie brachten Herrn Loch ins Schlafzimmer und setzten ihn aufs Bett. Dann versuchten sie Frau Loch zu beruhigen, indem sie ihr erklärten, ihrem Mann sei ja gar nichts passiert, er hätte lediglich sein Bein verloren, weil der Riemen gerissen sei. Sie bemühten sich auch sehr, die Sache mit dem nötigen Ernst vorzutragen. Dann verabschiedeten sie sich. Frau Loch bedankte sich sogar überschwänglich bei den Herren für ihre tatkräftige Unterstützung.

Lange noch wurde am Stammtisch über dieses Erlebnis gelacht. Herr Loch selbst bekam für längere Zeit Hausarrest von seiner Frau verpasst, was alle sehr bedauerten. Als er aber endlich wieder beim Stammtisch erschien, hatte er sich schon wieder einen neuen Streich ausgedacht.

Der Steinpfosten

Fräulein Natalia Wurm

Fräulein Natalia Wurm war Lehrerin. Sie wohnte am Regierungsplatz im ersten Stock des Lebzelterhauses. Herr Loch kannte das Fräulein Natalia Wurm schon seit langem sehr gut. Als er ihr wieder einmal begegnete, erzählte er ihr von seinem Freund Josef Königer, dem königlichen Hofopernsänger. Er meinte: „Das ist für dich ein passender Freund, wo du doch so musikalisch bist. Ich werde ihn dir zu einem Nachmittagskaffe schicken."

Das Fräulein Wurm war damit zunächst durchaus einverstanden. Und wieder einmal schrieb Herr Loch an den Herrn Hofopernsänger Königer einen Liebesbrief:

Hochverehrter Herr Hofopernsänger Königer!

Schon oft habe ich von Ihnen erzählen gehört und da ich selbst sehr musikalisch bin (ich spiele Klavier und singe!), wäre es mir eine große Freude, Sie einladen zu dürfen. Ich wohne am Regierungsplatz Nummer 12 im ersten Stock. Wenn ich morgens fortgehe, hänge ich immer meinen Waschlappen vor das Fenster hinaus und wenn ich zu Hause bin, dann ist er weg. Sie können mich dann jederzeit besuchen. Ich freue mich sehr auf Sie.

Ihre
Natalia Wurm

Herr Königer war von diesem Brief restlos begeistert und beschloss, Fräulein Natalia Wurm sobald als möglich aufzusuchen. Lange Zeit schlich er um das Lebzelterhaus herum, bis endlich der Waschlappen am Fenster verschwunden war. Auf sein Klingeln hin öffnete die Hausfrau und Vermieterin die Tür und fragte, was denn der Herr hier wolle. Sie war ganz erstaunt; denn Fräulein Natalia Wurm bekam nie Herrenbesuch. Da erschien auch sogleich Fräulein Wurm in der Türe. Herr Königer begrüßte sie überschwänglich. Sie führte ihn unter den argwöhnischen Blicken ihrer Vermieterin in ihr Zimmer.

Der Nachmittag verging bei Kaffee und Kuchen und Musik viel zu schnell, jedenfalls für den Herrn Hofopernsänger. Herr Königer war von der Dame restlos angetan, das Fräulein Wurm jedoch eher enttäuscht. Sie hatte sich unter einem Hofopernsänger einen etwas jüngeren Herrn vorgestellt, keinesfalls aber diesen einen alten Zausel. Da sie ihn lieber nicht wieder sehen wollte, erklärte sie ihm bei der Verabschiedung sozusagen durch die Blume. Sie habe viel zu tun und nur wenig freie Zeit. Ihre Hausfrau wies sie an, diesen Herrn nie wieder ins Haus zu lassen.

Herr Königer hingegen war von Fräulein Natalia Wurm nicht nur begeistert, sondern total in sie verliebt. Er erzählte sogleich am Stammtisch von der hübschen und reizenden Bekanntschaft und von der Liebe und Leidenschaft, welche diese in seinem Herzen entflammt hatte.

Die Sache aber entwickelte sich eher tragisch. Weibernärrisch und verliebt, wie Josef Königer war, lief er täglich zum Regierungsplatz und suchte, da ihn die Hausfrau beharrlich abwies, das Fräulein Natalia Wurm anzutreffen. Er durchstreifte auch das ganze Jodokviertel und wagte sich dort sogar in die Kirche. Ja, er war so dreist, während des Gottesdienstes bis vor zum Hochaltar zu laufen in der Hoffnung, seine Angebetete unter den Gläubigen zu entdecken. Dabei behielt er seinen zerknautschten Hut auf dem Kopf und rauchte seine Virginia weiter. Dies alles tat er blind vor Liebe nur, um das Fräulein Wurm endlich wieder einmal zu sehen.

Als Fräulein Wurm die Anstalten des Herrn Königer bekannt wurden, zog sie sich noch mehr zurück und versteckte sich vor ihm, wo immer er ihr über den Weg laufen konnte. Den Anwohnern vom Regierungsplatz und vom Jodokplatz aber fiel der herumstreunende Mann mit dem eigenartigen Benehmen unangenehm auf. Und es kam so weit, dass die Leute bei der Polizei Anzeige erstatteten. Er wurde daraufhin von der Polizei beobachtet. Und als er eines Tages wieder um das Lebzelterhaus schlich, nahm ihn ein Polizist mit aufs Revier. Dort musste er sich ausweisen, und man teilte ihm mit, er möge künftig das Regierungs- und Jodokviertel meiden; denn die Leute hielten sich über sein eigenartiges Benehmen auf. Außerdem sollte er das Fräulein Wurm nicht länger mehr belästigen. Er möge dies beherzigen, ansonsten müsse die Polizei ernsthafte Schritte gegen ihn unternehmen.

Herr Königer war wieder einmal ganz außer sich und erzählte am Stammtisch, wie man ihm, dem königlichen Hofopernsänger, der vor Königen und Kaisern aufgetreten war, übel mitgespielt hatte. Seine Stammtischbrüder mussten natürlich herzhaft lachen, als sie diese Geschichte hörten. Diesmal war es aber etwas schwieriger, Herrn Königer wieder zu versöhnen. Herr Loch ging am anderen Tag zur Polizeiwache und erklärte, dass Herr Königer ein ganz harmloser Künstler sei, und entschuldigte sich für die ganze Sache.

So schnell bekam Herr Königer auch keinen Liebesbrief mehr; denn dieser Spaß gab Herrn Loch doch zu denken. Dennoch könnte ich noch von vielen Streichen erzählen, die Herrn Königer von seinen Schülern und Stammtischbrüdern gespielt wurden.

Absolvia-Gedicht von Josef Königer

Gedicht des Hofopernsängers

Herr Königer mochte uns Metz-Mädchen. Er gehörte als Dauergast zu unserer Familie. Besonders gern hatte er unsere von den Gästen als sehr klug eingeschätzte Schwester Kathrin. Sie ging im Kloster der Ursulinen zur Schule und machte 1931 die Absolvia. Wir alle feierten ihren Abschluss gebührend und dazu war auch Herr Königer, unser ständiger Hausgast, eingeladen. Er trug ein von ihm selbst handschriftlich verfasstes Gedicht vor und überreichte es nach seinem pathetischen Vortrag mit einer feierlichen Geste und einem Augenzwinkern meiner Schwester Kathrin.

Der Absolventin:

Mein Glückwunsch zum Examen
hielt deinen Geist zusammen;
Musst rinnen auch der Schweiß,
belohnt ist nun dein Fleiß.

Frei von der Schule Banden
wirst du, da du bestanden.
Du trittst ins Leben ein,
doch darfst du träg nicht sein.

Erst recht musst du nun streben
nach einem Ziel im Leben.
Wie's auch das Schicksal will, –
halt nie im Leben still!

Doch brauchst du nicht zu hasten,
nach Arbeit muss man rasten.
Wer ruhig nur weiterstrebt,
der auch am besten lebt.

Und lebe auch in Frieden
bei allem Thun hienieden;
in deines Herzens Schrein
schließ' nur das Schöne ein.

Leb' Kätchen froh auf Erden
und möge Glück dir werden.
Doch musst du mich versteh'n:
Bei Rosen Dornen stehn.

Lass' Hoffnung nie dir rauben,
an Gott sollst du fest glauben.
Doch frömmeln sollst du nicht,
streb' immer nach dem Licht.

Ich möcht' dir Rosen streuen, –
mag auch das Schicksal dräuen.
Verliere nie den Mut,
dann fährst du immer gut.

Was auch die Zeiten bringen, -
ich wünsch' dir gut Gelingen
und lange Lebenszeit.
Fern bleibe dir das Leid.

Ein Höh'rer mög dich lenken,
das Schicksal Gunst dir schenken.
Denk auch zuweilen mein,
ich denk', lieb' Kätchen, dein!

Fräulein Kätchen Metz zur Ehr'
und Erinnerung, von Josef Königer.
Landshut, 22. März 1931.

Dafür erntete Herr Königer heftigen Beifall aller am Tisch sitzenden Familienmitglieder, aber auch der anderen Gäste. Meine Schwester Kathrin nahm mit rotem Kopf und einem Knicks die Absolvia-Rede aus des Künstlers Hand, der ihr dabei einen zarten Kuss auf die Stirn hauchte.

Kathrins Absolvia-Klasse 1931

Gebackenes Kalbsbries

Eine Spezialität, die nicht wenige Gäste zu schätzen wussten, war das Kalbsbries, die Thymusdrüse des Kalbs.

Zutaten:

Zwei oder drei Kalbsbriese, Salz, Pfeffer, zwei Eier, Semmelbrösel, Butter oder Fett

Zubereitung:

Die in lauwarmen Wasser einige Male gereinigten Kalbsbriese werden in leicht gesalzenem Wasser einige Minuten weiß abgekocht und anschließend in kaltes Wasser gelegt.

Dann werden Haut und Drüsen entfernt. Jedes Bries schneidet man in etwa vier gleich große Teile, bestäubt diese leicht mit Mehl, wendet sie in den abgeschlagenen Eiern und bestreut sie wie ein Wiener Schnitzel mit Panierbröseln.

Die Brieschen werden in Butter oder Fett in einer Backpfanne rasch goldbraun gebacken.

Serviervorschlag:

Zu gebackenem Kalbsbries passt am besten Kartoffelsalat oder Bratkartoffel und in Butter geschwenktes Gemüse.

Andere Zeiten

Als Adolf Hitler 1933 an die Macht kam, entwickelte sich unser Hofopernsänger Königer geradezu zu einem ganz fanatischen Anhänger des Führers. So ermahnte er seine Schüler und Freunde, wenn diese nicht die Hand zum Hitlergruß erhoben, was damals ja Pflicht war. Er verlor dadurch so manchen getreuen Freund und auch die Freundschaft meines Vaters.

Als mein Vater nach getaner Arbeit vom Schlachthaus hinten direkt in die Gaststube kam, wurde dort gerade im Radio eine Rede Hitlers übertragen. Herr Königer und einige andere Gäste standen in strammer Haltung unter dem Empfänger und lauschten angespannt den Worten des Führers. Mein Vater beachtete die Übertragung nicht, sondern begrüßte einige Stammgäste wie gewohnt herzlichen mit Handschlag und als er gerade in die Küche gehen wollte. da forderte Herr Königer ihn energisch auf, den Worten des Führer zu lauschen. Mein Vater entgegnete schlag- und leichtfertig, er wolle von diesem dahergelaufenen Malergesellen nichts wissen.

Dies veranlasste Herrn Königer wiederum, meinen Vater einen Ignoranten und gar einen Feind der Partei und des Führers zu schelten. Ja, er drohte ihm sogar, ihn beim nächsten Mal anzuzeigen. Mein Vater war darüber so empört, dass er Herrn Königer sofort das Zimmer kündigte und ihm erklärte, er solle da hingehen, woher er gekommen war. Daraufhin verschwand Herr Königer aus Landshut, was vielen seiner ehemaligen Freunde und Schüler nur recht war.

Lange Zeit hörten wir nichts mehr von unserem Hofopernsänger. Erst, als er nach einigen Jahren verstarb, erzähle man, ein einflussreicher Nazi sei sein Schüler gewesen. Und der habe ihm eine aufwändige Beerdigung bezahlt. Auf seinem Sarg lagen neben einem üppigen Blumengebinde der Helm, der Mantel und das Schwert von Lohengrin; denn die Oper Lohengrin war einst die Lieblingsoper des Künstlers Josef Königer, deren Helden er auf der Bühne immer wieder verkörpert hatte.

Trotz seines undankbaren Verhaltens meinem Vater gegenüber, haben wir die Nachricht von seinem Tode mit tiefer Trauer aufgenommen; denn mit ihm ging ein Teil der guten alten Zeit, die goldenen Zwanziger, endgültig zu Ende.

Therese vor der Ländgasse

Abgebräunte Kalbshaxe

So ein Kommerzienrat ließ sich eine ganze Kalbshaxe hin und wieder auch alleine schmecken. Woher sollte sonst auch das Wohlstand demonstrierende und durchaus begehrte Kommerzienratsbäuchlein kommen!

Zutaten:

Kalbshaxe, Salz, weißer Pfeffer, Semmelbrösel, Ei, Butterschmalz, Petersilie, Zitrone

Zubereitung:

Die Kalbshaxe wird gewaschen, in Salzwasser weich gekocht, herausgenommen, mit etwas Salz und weißem Pfeffer bestreut, in dem abgeklopften Ei gewendet und dann mit den Semmelbröseln paniert.

In einer Bratreine wird reichlich Butterschmalz ausgelassen und erhitzt. Die panierte Haxe wird in die Bratreine gelegt und im Bratrohr unter einmaligem Wenden goldgelb gebacken.

Serviervorschlag:

Die gebackene Kalbshaxe wird auf einer länglichen Platte angerichtet und mit Petersilie und einer in sechs Teile geschnittenen Zitrone umlegt. Dazu reicht man in Butter geschwenkte Salzkartoffel und grünen Salat.

Lilly und Hans

Lilly und Hans waren Kinder einer wohlhabenden Familie mit dem Namen Lang. Angeblich stammten sie aus einem berühmten Pianohaus in München.

Hans kam zu seiner Schwester Lilly, die in Landshut eine Wohnung hatte, häufig zu Besuch. Beide waren sehr gebildet. Lilly war Konzertpianistin und ihr Bruder Hans Violinvirtuose. Lilly war mit dem Ingenieur Häberlein verheiratet, der aber schon sehr bald starb. Hans war Junggeselle und ist es Zeit seines Lebens auch geblieben.

Hans und Lilly waren so ein richtiges Künstlerpaar. Lilly pflegte sich stets nach altfranzösischer Mode zu kleiden. Hans trug immer eine etwas zu kurz geratene Röhrlhose, einen Frack und einen steifen Kragen. Beide sahen sie recht originell aus. Bei uns waren sie über eine längere Zeit hinweg Stammgäste. Sie waren bei allen Gästen bekannt und beliebt. Wir freuten uns immer, wenn sie unser Restaurant besuchten; denn es gab jedes Mal ein richtiges Theater, eine Komödie, mit den beiden.

Zunächst wechselten sie ein paar Mal die Plätze. Das war bei ihnen Standard. Wenn ihnen die Speisekarte gereicht wurde, wusste Lilly immer sofort, was sie mochte, Hans aber nicht. Er wartete, bis Lilly ihr Essen serviert bekam, verlangte dann einen zweiten Teller und aß Lilly gut die Hälfte weg. Dies löste bei den beiden jedes Mal ein heftiges Streitgespräch aus. Lilly wurde wütend und schwor, nie wieder mit ihm zum Essen auszugehen. Aber meist waren sie schon am nächsten Tag versöhnt wieder bei uns, und das Theater wiederholte sich von Neuem.

Nur einmal schaffte es Lilly, eher zum Essen zu kommen als ihr Bruder Hans. Er erschien erst, als sie bereits gegessen hatte.

So musste er sich selbst sein Essen aussuchen, bestellen und auch noch bezahlen. Trotz dieser regelmäßigen Querelen waren sie unzertrennlich.

Eines Tages wurden Hans und Lilly von unseren Stammgästen aufgefordert, doch einmal in Landshut ein Konzert zu geben, wozu sie sich auch gleich hinreißen ließen. Überall in der Stadt wurden Plakate angeschlagen, die ihren Auftritt ankündigten. Auch in der Landshuter Zeitung war zu lesen, dass Fräulein Häberlein und Herr Hans Lang ein Konzert für Klavier und Violine geben würden. Werke von Bach und Beethoven wurden angekündigt. Das Konzert sollte im Kolpingsaal stattfinden. Alle Gäste versprachen, das Konzert zu besuchen.

Endlich war der große Tag gekommen, an dem Lilly und Hans das mit Spannung erwartete Konzert geben sollten. Vorher aber kamen sie zu uns zum Abendessen. Beide waren sie sehr elegant gekleidet. Hans trug eine wertvolle Stradivari bei sich und versteckte diese vor lauter Angst, jemand könne ihm die Geige klauen, bei uns im Lokal. Lilly war schon etwas nervös, wollte nicht länger auf Hans, der noch immer nicht mit dem Essen fertig war, warten und bestellte eine Taxe, um zum Kolpinghaus zu fahren.

Als Hans endlich mit dem Essen fertig war und zum Konzert aufbrechen wollte, begann er aufgeregt seine Geige zu suchen; denn er wusste nicht mehr, wo er sie versteckt hatte. Er brachte alle Gäste im Lokal in helle Aufruhr und man glaubte schon, die wertvolle Geige sei tatsächlich gestohlen worden. Es war bereits acht Uhr, als man endlich die Geige im Nebenzimmer auf einem Stuhl unter dem Tisch vom Tischtuch verdeckt fand. Schnell bestellte man nun auch für Hans eine Taxe; denn es war ja allerhöchste Zeit. Lilly hatte das Konzert bereits begonnen. Sie spielte gerade auf dem Piano, als Hans durch den Konzertsaal geradezu auf die Bühne stürmte. Zwar kam das

Programm etwas aus dem Konzept, das Konzert aber war ein voller Erfolg. Hans und Lilly erhielten viel Beifall. Hans verneigte sich so tief und heftig, dass seine Haare nur so flogen. Lilly lächelte selig. Auch die Kritik in der Landshuter Zeitung war gut. Dort war auch die Geschichte von der vermeintlich verlorenen Geige zu lesen. Darüber mussten alle herzhaft lachen.

Beide, Hans und Lilly, wurden als große Künstler bekannt. Und auf das erfolgreiche Konzert in Landshut hin wurden so manche Herrschaften auf sie aufmerksam. In Lillys schöner Wohnung wurden danach viele Hauskonzerte in erlauchtem Kreise abgehalten.

Eines Tages wurde Lilly krank. Sie ging mit Hans zurück nach München. Die Geschwister hatten immer noch Wohnrecht bei ihrer Familie, und die alte Wirtschafterin führte auch immer noch den Haushalt. Die Eltern der beiden hatten das Testament so verfasst, dass die Kinder, solange sie lebten, das Wohnrecht im Elternhaus hatten.

Als Lilly starb, hinterließ sie ein großes Vermögen. Einen beachtlichen Teil vererbte sie einem Freund, der sie und ihren Bruder oftmals auf dem Cello begleitet hatte. Es war ein Redakteur der Landshuter Zeitung, für den diese Erbschaft sehr überraschend kam.

Bepperl und Schorschi

Der Bepperl war Sohn reicher Eltern in Landshut. Sie besaßen eine Zigarrenfabrik und bewohnten eine schöne große Villa mit Park am Annaberg. Der Bepperl hatte auch noch drei hübsche Schwestern und einen Bruder. Die Kinder wuchsen recht verwöhnt auf und waren stets elegant gekleidet. Wo immer sie in der Stadt auftraten, waren sie für ihre Bewunderer eine Augenweide.

Bepperl verheiratete sich sehr reich, war aber seiner Frau nicht besonders treu. Er war eher so eine Art Don Juan. Oftmals lud er Tänzerinnen und Künstlerinnen aus München ein, brachte sie im Hotel Dräxlmaier gegenüber der Martinskirche unter und kam mit der ganzen Damenschar dann zu uns zum Frühschoppen.

So ein Frühschoppen dauerte oft lange bis zum späten Nachmittag. Alle waren sie meist recht beschwipst. Es war immer eine lustige Gesellschaft. Wie oft war Bepperls Frau in der Stadt unterwegs, um ihren Gatten zu suchen! Der aber hatte immer das Glück, dass er kurz zuvor das Lokal mit seinen Damen verlassen konnte, ehe seine Frau auftauchte.

Bepperl hatte auch einen Freund aus München. Der brachte eines Tages seinen Affen Schorschi mit. Der Affe bekam immer ein Krügerl Bier, saß anständig zwischen den beiden Herren auf einem Stuhl und machte den Frühschoppen mit. Wir alle hatten den Schorschi sehr gern.

Eines Tages ging Bepperls Freund mit seiner Frau in Urlaub und ersuchte ihn, den Affen während dieser Zeit zu betreuen, was der Bepperl auch gerne tat.

Doch schon bald hatte er den Affen leid; denn dieser war sehr lebhaft. Bepperl telefonierte nach seinem Freund und bat ihn, sofort nach Hause zurückzukommen, weil Schorschi so sehr Zeitlang nach ihm habe.

Bepperl selbst fuhr mit dem Affen Schorschi nach München, kaufte ihm noch eine Menge Bananen und sperrte ihn dann in die Küche seines Freundes, der ja bis zum Nachmittag aus dem Urlaub zurücksein wollte.

Schorschi aber öffnete die Küchentür, lief durch alle Zimmer und räumte alle Schränke aus. Ja, er nahm sogar die Vorhänge ab.

Bis endlich Herrchen und Frauchen kamen, war die ganze Wohnung ein einziges Chaos. So herzlich die Begrüßung durch Schorschi auch war, so wenig konnten sie sich über den Zustand ihres trauten Heims freuen. Sie mussten die ganze Wohnung renovieren lassen.

Schorschi aber wurde mit zunehmendem Alter immer aggressiver. So konnten sie nicht umhin, sich schließlich, wenn auch schweren Herzens, von Schorschi zu trennen. Schorschi landete im Münchner Tierpark Hellabrunn.

Gebratener Schweinsschlegel

Ein Schweinebraten gehörte in jedem Fall auf die Speisekarte. Sonntag wie Werktag.

Zutaten:

Schweinsschlegel, Salz, Pfeffer, Zwiebel, Fleischsuppe, Kartoffeln

Zubereitung:

Der Schweineschlegel wird gewaschen, gut eingesalzen, und eine Stunde beiseite gestellt. Die Speckschwarte wird nach Belieben vor dem Braten der Quere nach eingeschnitten, damit sie keine Blasen zieht. Dann legt man den Schlegel sowie die geschälte und halbierte Zwiebel in eine Bratreine, gießt einige Esslöffel Fleischsuppe dazu und lässt den Schlegel unter öfterem Begießen mit dem eigenen Saft im Rohre langsam schön braun braten.

Eine halbe Stunde vor dem Anrichten werden die geschälten Kartoffeln neben den Braten in die Reine gelegt und mitgebraten.

Die Soße wird vor dem Servieren durch ein Sieb geseiht.

Serviervorschlag:

Das Fleisch wird in schöne Stücke zerlegt, auf einer vorgewärmten langen Platte angerichtet und mit den gebratenen Kartoffeln bekränzt.

Der Krankenhaus-Josef

Der Krankenhaus-Josef war ein weiser und gütiger alter Mann mit einem schmalen, langen Gesicht, langen grauen Haaren und schelmischen Augen. Er lebte allein. Seine Frau war schon lange tot. Obwohl der Josef manchmal etwas kauzig wirkte, mochten ihn alle Leute, vielleicht gerade deshalb.

Josef arbeitete als Diener im städtischen Krankenhaus, das damals schräg gegenüber vom Ainmiller gleich am Anfang der Länd lag. Man nannte ihn deshalb auch den Krankenhaus-Josef.

Oft musste der Josef in der Pforte des Krankenhauses Nachtwache halten. Wenn jemand am Sterben lag, schob man ihn einfach mitsamt dem Bett ins Nebenzimmer der Pförtnerloge. So hatte der Josef viele Menschen sterben sehen und vielen Menschen war er als einziger in der letzten Stunde beigestanden. Mag sein, dass die häufige Begegnung mit dem Tod ihn so weise und gütig gemacht hat.

Der Krankenhaus-Josef hat aber auch so manchen Sterbenden, der von den Ärzten bereits aufgegeben war und deshalb bei ihm in der Pforte lag, wieder ins Leben zurückgerufen. Dafür hatte er sein eigenes probates Mittel, wie er es einmal meiner Mutter anvertraute.

Immer wieder einmal kam der Josef, wenn er Nachtwache hatte, vorsichtig nach allen Seiten spähend und sich versichernd, nicht gesehen zu werden, in der Dunkelheit mit einem Bierkrügerl zum Ainmiller an die Schenke gelaufen. Dort verlangte er schnell drei Quartl dunkles Bier, aber lieber noch, wenn es ihn gab, einen dunklen Bock. Übrigens, wer damals drei Quartl verlangte, wusste, dass er eine Maß bekam. Heute ist das eher umgekehrt.

Schnell eilte der Josef mit dem gefüllten, ja überschäumenden Bierkrug wieder ins Krankenhaus zurück, das er eigentlich hätte nicht verlassen dürfen.

Meine Eltern und die Schankkellnerin wunderten sich schon immer, warum der Josef nur dunkles und am liebsten Bockbier verlangte. Deshalb fragte ihn meine Mutter, als er einmal wieder an die Schenke kam, nach dem Grund.

„Der dunkle Bock, das ist die beste Medizin. Der weckt Tote zum Leben auf!", erklärte der Krankenhaus-Josef. „Was glauben´ S, Frau Metz, wie viele Sterbende ich mit dem dunklen Bock schon kuriert hab! Bloß dawischen derf i mi ned lassen von denen Herrn Doktoren. Die glauben immer, dass die Patienten dank ihrer ärztlichen Kunst wieder lebendig g´worden san."

Meine Mutter war bass erstaunt.

„Wenn ich also einen Todeskandidaten hab", fuhr der Josef zu erklären fort, „dann flöss ich ihm ein Bockbier ein, Schluck für Schluck, soviel er halt vertragt. Was glauben' S, Frau Metz, wie der dann gut und selig schläft. Und so mancher hat sich dabei wieder g'sund g'schlafen."

Als nun meine Mutter das Geheimnis des Krankenhaus-Josefs kannte, ordnete sie an, dass der Josef künftig sein Bier umsonst bekam, und sie achtete auch darauf, dass sein Krügerl wirklich gut eingeschenkt wurde. Diese Prüfung nahm sie auch jedes Mal zum Anlass zu fragen: „Na Josef, hast´d wieder einen Todeskandidaten?" Oder: „Hast´d den letzten Todeskandidaten durchgebracht?"

Und tatsächlich konnte der Josef immer wieder einmal von einer gelungen, wundersamen Heilung berichten.

Josefine Metz 1920

Frau Schmal

Die gute Frau Schmal war Mutter vieler Kinder. Sie war arm. Ihr Mann war schon früh gestorben. Deshalb musste sie sich allein um ihre Kinder und um den Lebensunterhalt kümmern.

Jeden Abend brachte sie ihre Kinder bereits um sieben Uhr zu Bett. Sie selbst ging dann mit einem großen Korb, der mit Süßigkeiten und Obst gefüllt war, von Gaststätte zu Gaststätte, um ihre Ware feilzubieten.

Frau Schmal war überall in Landshut bekannt und als Original beliebt. Sie erinnerte in ihrer Art des Umgangs sehr an eine Obstverkäuferin vom Viktualienmarkt in München.

Da sie mit vielen Menschen zusammentraf, wusste sie alle Neuigkeiten von der Stadt zu berichten, und gern lud man sie zu einer halben Bier ein, um ebendiese Neuigkeiten von ihr zu erfahren.

Auch zu uns kam Frau Schmal regelmäßig jeden Abend. Die Gäste amüsierten sich mit ihr und lachten nicht nur über ihre Geschichten, sondern manchmal auch über sie. Sie wiederum besaß die Fähigkeit, sich über sich selbst lustig zu machen. Ihre Berichte fingen meist an mit: „Mei, wissen´ S scho, wos mia neilings passiert is?"

Einmal passierte es Frau Schmal, dass ihr beim Erzählen ihre dritten Zähne ins Bierglas fielen. In großer Verlegenheit fischte sie ihr Gebiss aus dem Glas, schob es zurück in den Mund und verließ sofort das Lokal begleitet vom Gelächter der Gäste.

Mama erlaubte sich auch einmal einen Scherz mit Frau Schmal. Meine beiden Schwestern Kathrin und Anna hatten einen Spielzeugaffen, der wie echt aussah. Indem man ihm Zeigefinger, Daumen und Mittelfinger unter das Fell schob wie einer Kasperlefigur, konnte man dem Affen Leben verleihen. Als eines Abends Frau Schmal unser Lokal betrat, nahm meine Mutter den Spielzeugaffen so in den linken Arm, dass nur Kopf und Arme des Stofftiers, die sie mit der rechten Hand bewegte, zu sehen waren. Frau Schmal glaubte doch tatsächlich, meine Mutter würde einen echten Affen im Arm halten. Da sie vor dem Tier Angst hatte, warf sie ihm aus sicherer Entfernung Erdnüsse zu. Sie konnte es gar nicht fassen, dass sich Frau Metz einen jungen Affen zugelegt hatte.

Überall wo sie hinkam, erzählte sie diese Neuigkeit. Und bereits am nächsten Tag kamen verschiedene Gäste nur um sich den Affen von Frau Metz anzuschauen. Alle lachten sie natürlich ganz herzlich, als ihnen meine Mutter den Spielzeugaffen vorführte. Frau Schmal war darüber keineswegs böse, sondern erzählte anderntags allen Leuten die lustige Geschichte vom Spielzeugaffen der Frau Metz, den sie doch tatsächlich für einen echten Affen gehalten hatte, indem sie anfing: „Mei, wissen´ S scho, wos mia neilings passiert is?"

Das Fräulein Salisko

Das Fräulein Salisko war Landlehrerin in einem Dorf nahe Vilsbiburg. Sie besuchte oft ihren Bruder, der in der Martinsschule in Landshut Hauptlehrer und bei uns Stammgast war.

Fräulein Salisko war ein recht lustiges Ding und steckte voller Übermut. Zu gerne hätte sie einen Mann gehabt, aber lange Zeit biss keiner an.

Bei uns war das Fräulein Salisko in der Familie aufgenommen und jeden Samstagnachmittag war sie zum Familienkaffe eingeladen. Wir hatten ein Lokal, das man mit einem großen Vorhang abtrennen konnte. Dort tanzte sie und spielte uns Kindern in ihrem Übermut Theater vor. Wir bogen uns oft vor Lachen, vor allem wenn das Fräulein Salisko eine Herrenrolle mimte; denn dann zog sie immer ihren Rock aus und verkörperte den Herrn der Schöpfung in ihrer blauen Pumphose.

Eines Tages verliebte sie sich in einen jungen Hirten, der in der Nähe von Vilsbiburg Schafe hütete. Der junge Mann war ihr durch seine Intelligenz aufgefallen. In ihrer Verliebtheit ließ sie ihn in Landshut die Landwirtschaftsschule besuchen, kleidete ihn neu ein und bezahlte alles, was er zum Leben brauchte. Weder uns noch andere wollte sie von dieser Liebe etwas wissen lassen; denn der Hirte war viel jünger als sie.

Als an einem Samstagnachmittag das Fräulein Salisko gerade dabei war, hinter dem geschlossenen Vorhang eine Theateraufführung für uns Kinder vorzubereiten, kam ihr Geliebter, der sie schon überall gesucht hatte, hereingeschneit. Wir Kinder baten ihn, den Theaterraum ruhig zu betreten, indem wir den Finger an unsere Lippen legten, und bei uns Platz zu nehmen.

Bald schon öffnete sich der Vorhang und das Fräulein Salisko begann aus voller Brust mit all ihrer angeborenen Komik zu singen. In ihrem Eifer bemerkte sie nicht einmal ihren über alles geliebten Freund, der in der letzten Reihe zwischen uns Kindern Platz genommen hatte. Dieser zeigte jedoch keineswegs die Begeisterung, wie wir Kinder sie johlend offenbarten. Und als sich der Vorhang ein zweites Mal öffnete und das Fräulein Salisko in ihrer blauen Pumphose erschien, da raunte eine tiefe Stimme aus der letzten Reihe: „Ja bist du denn jetzt ganz narrisch g'worden, du damisches Duridell! A so hab i di no gar nia ned g´sehn! Spinn doch ned gar a so!"

Unserem Fräulein Salisko versagte sogleich vor Schreck die Stimme, als sie die Worte ihres Geliebten aus dem Hintergrund vernahm. Sie zog sofort den Vorhang zu, kleidete sich um und verschwand durch die Hintertür. Dies war das letzte Mal, dass das Fräulein Salisko für uns Kinder Theater spielte, was wir alle sehr bedauerten.

Da wir nun schon einmal ihren Freund kennengelernt hatten, brachte ihn Fräulein Salisko fortan immer mit zu uns ins Restaurant. Wir erlebten zusammen viele heitere Stunden.

Nachdem der ehemalige Hirte die Landwirtschaftsschule absolviert hatte, bekam er sofort eine Anstellung im Landwirtschaftsamt. Und schließlich heirateten beide, das Fräulein Salisko und ihr Hirte, da ein Kind unterwegs war. Wir haben sie danach aus den Augen verloren. Nach einigen Jahren aber erfuhren wir, er habe sich scheiden lassen, weil sie so eifersüchtig war. Schon kurz danach soll er dann ein jüngeres Mädchen, das er im Landwirtschaftsamt kennengelernt hatte, geheiratet haben.

Der schöne Pfarrer von Kronwinkl

Über eine lange Zeit hinweg kam jeden Samstag der junge Herr Pfarrer von Kronwinkl zu uns. Er wurde vom Schullehrer des Ortes, seinem Freund, der bereits damals ein Auto besaß, in die Stadt mitgenommen und bei uns auch wieder abgeholt.

Der Herr Pfarrer war ein bildhübscher Mann. Wir sagten immer, für einen Pfarrer sei er viel zu schön.

Der Herr Pfarrer hatte auch einen Neffen, der in Landshut studierte und im Internat untergebracht war. Am Samstag durfte dieser immer mit seinem Onkel mit nach Kronwinkl fahren, um dort das Wochenende wohlbehütet unter der Aufsicht des hochwürdigen Herrn Pfarrers zu verbringen. Vorher aber kamen sie zu uns zum Essen und warteten dann, bis der Herr Schullehrer sie abholte. Oftmals verging dabei der ganze Nachmittag, und da der Herr Pfarrer jede Menge zu erzählen wusste und ein sehr guter Gesellschafter war, bildete sich schon bald eine nette Gesellschaft um ihn.

Es war ein herrlicher Sommertag, als uns einmal der Herr Regierungsrat Kollmannsberger zu einer Kutschenfahrt nach Kronwinkl einlud. Beim Schlosswirt bestellte er für uns alle, meine Schwestern und mich, den Herrn Pfarrer, den Herrn Schullehrer und für den Neffen des Herrn Pfarrer ein prima Essen. Auch der Herr Verwalter vom Schloss Kronwinkl war mit eingeladen. Wir unterhielten uns sehr gut. Während die Herren Tarock spielten, machten wir einen Besuch bei der Frau Verwalter und holten sie zum Kaffee ab. Es gab sogar frischgebackene Kücherl zum Kaffee. Noch lange saßen wir so beisammen, bis der Herr Regierungsrat endlich die Kutsche vorfahren ließ, mit der wir dann nach Hause gefahren wurden. Für uns war dieser Ausflug ein wunderschönes Erlebnis.

Eines Tages bekamen die Kinder vom Grafen Preysing zu Kronwinkl eine neue Lehrerin, eine Französin. Sie war jung und sah sehr gut aus. Ihrem Temperament entsprechend verliebte sie sich in den schönen jungen Pfarrer von Kronwinkl. Und bald schon gab es ein Gerede unter den Leuten im Dorf. Angeblich soll der Herr Schullehrer einmal beide allein im Schulzimmer angetroffen haben. Andere glaubten zu bemerken, dass der Herr Pfarrer in der Kirche immer, wenn er das Weihwasser austeilte, der hübschen jungen Französischlehrerin aus Frankreich einen besonders kräftigen Guss ins Gesicht spritzte und diese wiederum die Weihegeste immer mit einem verständnisvollen Lächeln erwiderte.

Lauter derartige Lappalien wussten die Leute über die beiden zu berichten. Leider aber kam es soweit, dass der Graf die Lehrerin wieder ausstellte und sie nach Paris, von wo sie gekommen war, zurückschickte. Was wir aber am meisten bedauerten, war die Tatsache, dass auch unser schöner, von uns allen so geliebter Herr Pfarrer versetzt wurde. Ihm wurde ein größerer Pfarrhof und eine Pfarrei im Gebirge zugeteilt. Vielleicht hatte er es dort besser, wir aber vermissten ihn sehr. Beim Abschied standen uns allen die Tränen in den Augen.

Herr und Frau Direktor der Hypobank

Das war ein tolles Paar! Beide gingen sie gerne zum Essen aus. Bei uns waren sie Stammgäste. Sie führte das Wort. Wenn er es einmal wagte, ohne sie auszugehen, gab es regelmäßig Krach.

So war es auch, als der Herr Direktor der Hypobank bei uns im Ainmiller eine Herrenpartie ausrichtete. Er hatte im grünen Salon einen Tisch bestellt und kam mit einigen Freunden zum Spanferkelessen. Kaum hatte er mit seinen Freunden am Tisch Platz genommen, da läutete auch schon das Telefon, und Frau Direktor verlangte nach meiner Mutter. Mama kam erst gar nicht zu Worte; denn die Frau Direktor ließ einen Redeschwall los, den zu unterbrechen schier unmöglich war.

„Mein Mann, der unverschämte Wüstling, ließ mich heute alleine!", zischte die Frau Direktor ins Telefon. „Und sagen Sie meinem Mann, er soll mir eine anständige Portion Spanferkel mitbringen und für unseren Dackel ein Paket Hundefutter! Und wehe, wenn er das vergisst!"

Meine Mutter versuchte die Atempausen von Frau Direktor zu nutzen, um selbige zu beruhigen. Wieder zurück in der Küche richtete sie sogleich zwei Pakete her, eines mit einem großen Stück Spanferkelbraten für die Gnädigste und eines mit Bratenknochen für das Hunderl.

Der Frühschoppen und das Mittagessen zogen sich immer mehr in die Länge, und es war schon zwei Uhr nachmittags, als der Herr Direktor von der Hypobank schließlich in angeheiterter Stimmung aufbrach. Meine Mutter übergab ihm beim Abschied beide Pakete, das eine für die liebe Frau Gemahlin mit bester Empfehlung, das andere für den lieben Wauwau, genau wie es Frau Direktor ihr aufgetragen hatte. Als der Herr Direktor bereits mit dem Taxi abgefahren war, bemerkten wir, dass er nur ein Paket mitgenommen hatte, nämlich das mit dem Hundefutter. Die Portion Spanferkelbraten hatte er in seinem angetrunkenen Zustand doch glattweg auf dem Tisch liegengelassen.

Als er endlich zu Hause eintraf, lag Gnädigste bereits auf dem Bette hingestreckt zum Mittagsschlaf. Er näherte sich ihr auf leisen Sohlen, küsste sacht ihre Stirn und überreichte ihr, als sie aus dem Schlaf erwachte, liebkosend das Paket. Sie erinnerte sich ihres Appetits auf Spanferkelbraten und öffnete sogleich versöhnt das Päckchen, in dem sie ein duftendes frisch gebratenes Stück Spanferkel vorzufinden glaubte.

Kaum war das letzte Papier entfernt, entdeckte sie mit Entsetzen Knochen und Schwarten, die für ihren Hund gedacht waren. Sie schimpfte auf ihren Mann ein, der sofort die Flucht ergriff und gerade noch rechtzeitig die Türe erreichte, ehe sie ihm das Paket mit dem Hundefutter nachwarf. Er eilte sogleich zum Telefon, rief meine Mutter an und bat sie, auf dem schnellsten Weg eine Portion Spanferkelbraten ins Haus zu schicken. Meine Mutter beauftragte damit unseren Hausmeister Isidor. Der Herr Direktor bedankte sich bei ihm mit einem großzügigen Trinkgeld und ließ meine Mutter recht herzlich grüßen. Der Hausfrieden war damit wieder hergestellt.

Immer, wenn wir den Herrn Direktor von der Hypobank und seine temperamentvolle Frau sahen, mussten wir an diese Geschichte zurückdenken und herzhaft lachen.

Familienleben

Wir hatten trotz der vielen Arbeit unserer Eltern ein schönes Familienleben. Wir waren sechs Mädchen Anna, die Schwester aus der ersten Ehe meiner Mutter, Maria, Josefine, Annerl, Kathrin, ich und ein Bub. Mein Bruder Roman besuchte die Realschule und wir Mädchen das Lyzeum der Ursulinen, auch höhere Mädchenschule genannt. Als Sprachen lernten wir Französisch, später Englisch. Wir Mädchen spielten Klavier, mein Bruder Violine. Meine Geschwister und ich besuchten zudem die Haushaltungsschule in Landshut. Kochen lernten wir im Kurhotel Schuhbräu in Bad Aibling. Wir mussten viel lernen und auch zuhause tüchtig mitarbeiten. Mein Vater sagte immer: „Was ihr im Kopf habt, kann euch niemand mehr nehmen."

Da unsere Eltern von früh bis spät im Betrieb eingespannt waren, hatten wir eine Kinderfrau, die Kathi. Sie betreute uns, während unsere Eltern im und für das Restaurant arbeiteten. Wir liebten unsere Kathi sehr. Sie mochte uns Kinder wie ihre eigenen und hatte wirklich alle Hände voll zu tun mit uns.

Täglich begleitete sie uns in den Kindergarten, und als wir größer wurden, machte sie mit uns Ausflüge in die Umgebung von Landshut. Unser treuer Hund Flocki, ein Foxl, war natürlich auch immer dabei. Wir trieben aber auch so manche Späße mit unserer gutmütigen Kinderfrau und spielten ihr so manchen Streich.

Blumen der Liebe

Unsere ältere Schwester Maria nähte nicht nur für uns Kleine hübsche Kleidchen, sondern erzählte uns auch gern Geschichten aus ihrer Kindheit.

Wenn unsere Maria fragte: „Gell Mama, ich bin ein Kind der Liebe?", antwortete Mama mit einem verschmitzten Lächeln: „Geh, Maberl, was sagst du denn da schon wieder, du gstroachte Tochter!"

„Meine Eltern waren ja so verliebt", erinnerte sich unser Maberl auf ihre Kindheit zurückblickend.

Wieder einmal gingen Mama und Papa Arm in Arm über Wiesen und Felder entlang der Isarauen spazieren. Maria sprang fröhlich nebenher und zupfte Blumen.

„Schöne Blumen hast´d brockt, Maberl!", lobte Mama ihre kleine Tochter.

Und als sie endlich eine Bank gefunden hatten, auf der sich unsere Eltern zum Turteln niederlassen wollten, schickte die Mama das emsige Maberl, um ungestört zu sein, mit den Worten weg: „Schau mal Maberl, ob du nicht noch größere Blumen findest! Ich glaub, dort hinten wachsen ganz, ganz große und schöne Blumen."

Unsere Schwester war vom Auftrag ihrer Mutter ganz begeistert, geradezu beflügelt. Sie lief über die Wiesen und Felder direkt auf ein Bauernhaus zu, vor dessen Fenster sie schon aus der Ferne wunderschöne rote Blumen entdeckt hatte.

Die Mama freut sich bestimmt, wenn ich ihr einen Strauß dieser kräftigen, roten Blumen bringe, dachte sich unser Maberl und begann die Blumen, die vor den Fenstern des Bauernhauses üppig wucherten, abzuzupfen. Mit einem Arm voll dieser roten Pracht eilte sie dann freudig zu ihren heftig schmusenden Eltern zurück. Viel zu früh für deren Gefühl!

Hintennach kam auch schon die Bäuerin gelaufen und rief von weitem: „Euer Sauderndl hat mir meine Geranien abbrockt!"

Erschreckt blickte meine Schwester um sich, rannte aber wie gehetzt weiter, stolperte und flog, noch ehe sie ihre Eltern erreichen und ihnen das prächtige Blumenbouquet übergeben konnte, unsanft auf die Knie. Dabei zerriss sie nicht nur ihr schönes, langes, weißes Sonntagskleid, sondern ramponierte zugleich die Geranien so, dass sie ihrer Mutter nur noch die blanken Stängel, hoffend nicht geschimpft zu werden, entwaffnend entgegenstrecken konnte.

„Mein Kind, was hast´d jetzt wieder ang'stellt!", seufzte die Mutter. „Wie schaust du denn bloß aus! Kann man dich denn keine fünf Minuten allein lassen!"

„Sie hat´s ja nur gut gemeint, unser Maberl", versuchte unser Vater seine dem Zauber der Liebe entrissene Frau zu besänftigen. „Und du hast ja selbst gesagt, sie soll Blumen brocken, ganz große."

Die Bäuerin besänftige er, indem er ihr ein Geldstück zusteckte. Auf dem Nachhauseweg ließ sich Maria von ihrem Papa brav an der Hand führen, ganz so wie es sich damals für eine anständige Tochter gehörte.

Der Toboggan

Unsere Kinderfrau ging mit Roman, Fini und Maria zur Landshuter Bartlmä-Dult. Es war ein sonniger Augusttag. Die Mädchen wurden in ihre schönsten Kleider gesteckt. Eine jede von ihnen trug auch einen weißen Strohhut auf dem Kopf. Maria verstand es wieder einmal, sich ganz besonders schön herauszuputzen. Sie schmückte ihr weißes Kleid mit einer großen blauen Schleife und auf den Hut, der mit einem dünnen Gummiband unter dem Kinn festgehalten wurde, steckte sie eine rote Seidenblüte aus Mamas Kleiderschrank.

Sie strengte sich auch mächtig an, brav und anständig neben der Kinderfrau einherzugehen, was ihr, der Lebhaften und Ungeduldigen, gar nicht leicht fiel.

Unsere Maria mochte solche Spaziergänge eigentlich nicht gerne. Viel lieber tobte sie mit ihrem Bruder Roman im Hofgarten herum. Aber der Besuch der Bartlmä-Dult ließ sie interessante Abenteuer erhoffen, so dass sie diesmal ohne Murren folgte. Sicher würde es zum krönenden Abschluss eine Zuckerwatte oder ein Eis zum Schlecken geben.

Und tatsächlich hatte die Dult diesmal eine ganz besondere Attraktion zu bieten. Es war zum ersten Mal ein Toboggan auf der Dult, eine große Rutschbahn.

Das Fahrgeschäft bestand im Wesentlichen aus zwei Teilen. Auf einem schier unendlich langen Förderband wurde man zunächst auf einer Art Rampe schräg nach oben gezogen. Dann musste man noch ein paar Stufen höher steigen, um an der Spitze eines Holzturms zum eigentlichen Ziel der Attraktion, der Rutschbahn, zu gelangen. Diese schlängelte sich spiralförmig um den Turm herum nach unten. Das war wirklich eine ganz besondere Attraktion, ganz nach Marias Geschmack!

Maria blieb mit ihren Geschwistern und der Kinderfrau staunend davor stehen, um wie viele andere Zuschauer auch die Menschen zu beobachten, die mutig genug waren, sich mit Hilfe eines Schaukelburschen oder gar allein ohne Hilfe eines solchen auf dem Förderband stehend nach oben ziehen zu lassen.

Die Menge grölte jedes Mal und johlte vor allem, wenn eine junge Frau auf dem Förderband das Gleichgewicht verlor und hinfiel, so dass man ihre Beine und manchmal auch etwas mehr sehen konnte. Eine Riesengaudi und ein frivoles Schauspiel in einer Zeit, wo der sichtbare Fußknöchel einer Dame geradezu als obszön galt.

„Ich möchte auch rutschen!", begehrte Maria auf, als die Kinderfrau schon zum Weitergehen drängte, um ihre Schützlinge nicht länger mehr einem solch garstigen Schauspiel auszusetzen.

„Kommt gar nicht in Frage!", bestimmte die Kinderfrau entschieden. „Das würde eure Mama gar nie erlauben. Kommt jetzt! Wir kaufen lieber für das Geld ein Eis."

Die brave Fini war davon gleich begeistert und folgte wie immer aufs Wort. Auch Roman konnte sich mit der Idee, an ein Eis zu kommen, durchaus anfreunden.

Maria ließ sich aber nur widerwillig vom Toboggan wegziehen. Zu gerne wäre sie auf dem Förderband nach oben geglitten, um hoch von dort oben die vielen Windungen nach unten zu rutschen.

Sie würde bestimmt nicht hinfallen wie die anderen ungeschickten Mädchen, dessen war sie sich sicher. Und alle dort

116

unten würden staunen, welch schönes Mädchen in welch schönem Kleid elegant nach oben schwebte.

Nein, so schnell gab Maria ihre Träume nicht auf. Sie wartete auf einen günstigen Augenblick, da die Kinderfrau sie nicht im Blickfeld hatte, und lief dann, so schnell sie nur konnte, zum Toboggan zurück.

Noch während sie die Stufen zur Kasse hinaufkletterte, zählte sie das Geld aus ihrem Bollertäschchen, um erleichtert festzustellen, dass es für eine Fahrt reichen müsste. Um größer zu erscheinen und nicht abgewiesen zu werden, stellte sie sich vor der Kasse auf die Zehenspitzen.

Sie musste nicht lange anstehen, schon packte sie ein kräftiger Männerarm und zog sie auf das Förderband. Und noch ehe sie sich versah, lag sie auch schon flach auf dem Bauch. Aufstehen war unmöglich. Die Menge unter ihr lachte schallend auf und klatschte in die Hände.

Bäuchlings schoss sie nach oben. Ihr Hut dreht sich in die obere Rolle, über die das Förderband wieder nach unten geführt wurde. Das Gummiband um ihren Hals wurde immer länger, so dass sich ein blutunterlaufener Striemen von einem Ohr zum anderen zog, ehe es schließlich riss und ihr ins Gesicht schnalzte.

Maria richtete sich mit Hilfe des Schaukelburschen auf, kniete sich hin und versuchte nun vollends wieder auf die Beine zu kommen, da geriet auch noch ihr Kleid gnadenlos in die Förderbandrolle. Sie hörte nicht die verzweifelten Rufe ihrer Kinderfrau, die von unten zusammen mit ihren Geschwistern das schauerliche Spiel verfolgte, sondern versuchte verzweifelt ihr Kleid aus der Rolle herauszuziehen.

Als sie sich schließlich vollends aus der Walze befreit hatte, blickte sie verschämt auf sich herab. Das Kleid war total verzogen und zerrissen, die weißen Strümpfe hatten auf Kniehöhe breite Löcher aufzuweisen, die blaue Schleife schwebte hinunter über die Köpfe des Publikums hinweg.

„Scheiße!", fluchte Maria vor sich hin und rückte energisch ihr Kleid zurecht. Aber da sie es nun mal schon so weit geschafft hatte, wollte sie dem Rufe ihrer Kinderfrau, auf der Stelle herunter zu kommen, nur über die Rutschbahn folgen.

Nach dem Motto, ein Indianer kennt keinen Schmerz und eine Squaw schon gleich gar nicht, stieg sie, ohne eine Miene zu verziehen, die letzten Stufen zum Startpunkt der Rutschbahn hinauf. Dort setzte sie sich auf einen kleinen Kokosteppich, den ihr ein Schaukelbursch unter den Allerwertesten schob und rutschte, zwar mit schlechtem Gewissen, aber nicht ohne vor Vergnügen zu quietschen, nach unten.

Die Fahrt nahm an Tempo spürbar und für alle sichtbar zu. Maria befürchtete gerade aus der Kurve zu fliegen, da erreichte sie auch schon den horizontalen Auslauf der Bahn, wo ein junger Mann die Ankommenden empfing und mit den Armen abbremsen half. Bei Maria verschätzte sich dieser junge Toboggan- Kavalier allerdings etwas in der Höhe, so dass er, statt sie am Körper fassend abzubremsen, ihr eine saftige Watschn verpasste, wovon sie bereits wenige Augenblicke später eine auffallend dicke Backe bekam. Damit fand der Sonntagsspaziergang und der Besuch der Bartlmä-Dult ein jähes Ende.

118

Kinderstreiche

Unser Kinderfräulein, die gute Kathi, machte mit uns gern lange Ausflüge, von denen wir ermüdet und oft auch ganz erschöpft wieder heimkehrten. Am liebsten ging sie mit uns durch den Hofgarten. Dort durften wir die Rehe und Schwäne füttern. Dann führte sie uns zur Aussichtsterrasse, von wo man die ganze Stadt Landshut überblicken konnte. Von da aus ging es dann weiter zur Wallfahrtskirche Maria Bründl. Dort mussten wir ein Vaterunser und ein Ave-Maria beten. Vor dem Kirchlein war ein Brunnen, mit dessen Wasser wir unsere Augen auswuschen. Kathi machte uns glauben, dass ein blindes Mädchen durch die Heilkraft des Wassers wieder sehend geworden sei. In der Kirche hing ein Votivbild von dem blinden Mädchen, das zeigte, wie es der Madonna betend dankt.

Vom Bründl aus marschierten wir nach Salzdorf. Ein herrliches Fleckchen Erde! Wiesen, Wälder und Felder. Ein Bächlein schlängelte sich durch die Wiesen und lud uns ein, unsere Schuhe und Strümpfe auszuziehen, um die Füße in das kühle Nass zu tauchen. Auch Flocki, unser treuer Hund, war selig, darin herumzutollen. Wir konnten uns alle so richtig austoben. In der Nähe war ein Feldkreuz mit einer Bank davor. Da setzte sich unsere Kathi hin und sah uns Kindern beim Spielen zu.

Wieder einmal erlaubten wir uns einen Spaß mit unserer Kathi. Wir baten sie, mit uns auf einen Hügel zu steigen, was sie auch bereitwillig tat. Als wir oben waren, packten wir sie an beiden Händen und liefen so schnell wir nur konnten mit der Kathi im Schlepptau den Berg hinunter. Kathi schrie: „Kinder, nicht so schnell! Ich komme kaum noch mit."

Unten angekommen fiel unsere Kathi in die frisch mit Odel gedüngte Wiese und landete direkt in einem frischen Kuhfladen. Sie war ganz außer sich. Ihre schöne weiße Schürze musste sie gleich ausziehen. Und gestunken hat die gute Kathi wie ein ganzer Kuhstall. Für uns Kinder war das natürlich eine Riesengaudi. Wir bogen uns vor Lachen. Unsere Kathi verstand zum Glück solch einen Spaß.

„Ich hätte ja nicht mit euch den Hügel hinaufsteigen müssen", sagte sie, als wir uns auf Mamas Geheiß bei ihr entschuldigten. Und alles war wieder gut.

Wieder einmal machte unsere Kathi mit uns einen Ausflug, diesmal nach Salzdorf. Es gab dort auf den Wiesen und Feldern wunderschöne Blumen, die heute vielfach ausgestorben sind. Mohn- und Kornblumen, Margariten, blaue Glockenblumen, Wiesenenzian, Herztröpfchen, die Muttergottespantoffeln, Kikerikiblumen und Farnkraut in rauen Mengen. Voller Freude pflückten wir die Blumen und gestalteten mit ihnen schöne, bunte Sträuße und Kränze. Unsere Mama freute sich, wenn wir ihr einen Blumenstrauß von unserem Ausflug mitbrachten.

Um aber die Wiese mit den schönsten Blumen zu erreichen, mussten wir ein Bächlein überqueren. Es lagen nur ein paar wackelige Bretter als Steg darüber. Wir liefen darauf übermütig hin und her. Uns Kindern gefiel das Spiel mit den wippenden Brettern. Und als nun auch unsere Kathi vorsichtig darüber schreiten wollte, sprangen wir auf den Brettern so heftig auf und ab, so dass unsere gute Kinderfrau ins Wasser fiel. Wir lachten mit kindlicher Freude herzhaft darüber und halfen ihr aus dem Bach. Zum Glück war der nicht sehr tief. Aber ihre Beine wurden dennoch ganz schön nass. Auf der Bank beim Feldkreuz halfen wir Kathi ihre Schuhe und Strümpfe auszuziehen und

120

hängten die nasse Wäsche zum Trocknen über die Lehne. Für uns Kinder war das eher lustig; denn wir durften länger als geplant herumtollen und spielen. So lange eben, bis Kathis Sachen wieder einigermaßen trocken waren. Gut, dass die Sonne an diesem Tage heiß vom Himmel brannte und Strümpfe und Schuhe wieder trocknete.

Maria Bründl

Eis statt Piflas

Ein andermal wollte unsere gute Kathi zur Abwechslung mit uns einen Ausflug nach Piflas machen. Sie erzählte uns, dass es dort sehr schön sei, es eine Barockkirche zu besichtigen gäbe und dass dort das Haus des berühmten Schauspielers Gustav Waldau stünde. Gustl Waldau, eigentlich Gustav Theodor Clemens Robert Freiherr von Rummel, am 27. Februar 1871 auf Schloss Piflas bei Ergolding geboren, war in der Tat ein damals erfolgreicher und beliebter deutscher Theater- und Filmschauspieler.

Und bei einem Spaziergang durch die Auen, meinte unsere Kathi, würden wir auch sehen, wo die große und die kleine Isar zusammenfließen. „Wir fahren erst mit der Pferdetram bis zur Bahnbrücke und marschieren dann von dort weiter", versuchte Kathi uns den Ausflug schmackhaft zu machen.

Das war alles recht und schön, aber wir Kinder wollten nicht mit der Tram fahren, sondern uns lieber ein Eis kaufen, weil Mama uns Geld dafür geschenkt hatte. Und ein Eis gab es in Piflas gewiss nicht. Da kam uns die rettende Idee!

Kathi ließ uns vorne in die Tram einsteigen und folgte uns selbst als Letzte. Während sie beim Schaffner bezahlte, stiegen wir Kinder unbemerkt von ihr hinten wieder aus. Die Tram fing zu fahren an. Jetzt erst stellte Kathi fest, dass wir uns nicht mehr in der Tam befanden. Sie war ganz außer sich, als sie uns auf der Straße sah, wie wir ihr nachwinkten. Sie blickte finster aus dem Rückfenster und drohte mit dem bösen Finger.

Wir riefen ihr nach: „Kathi, warte auf uns an der Bahnbrücke! Wir kommen nach!" Für uns war das wieder einmal eine recht lustige Sache. Wir kauften uns beim Italiener ein gutes Eis und schleckten daran genüsslich auf dem Weg zum Treffpunkt.

Kathi musste fast eine halbe Stunde bangen Herzens auf uns warten. Als sie uns kommen sah, eilte sie uns schimpfend entgegen. Diesmal mussten wir eine gehörige Standpauke über uns ergehen lassen. Der Ausflug wurde verkürzt, und bei der Heimfahrt mit der Tram ließ sie uns nicht mehr aus den Augen, damit wir ihr nicht wieder entwischen konnten.

Noch oft lachten wir über diesen Streich. Mama durfte natürlich nichts davon erfahren, sonst hätte sie uns gewiss ebenfalls eine gehörige Standpauke gehalten. Aber auch die gute alte Kathi hielt wie immer zu uns, sie hüllte sich bezüglich unseres ungebührlichen Benehmens in Schweigen.

Anmerkung: Die Pferdetram fuhr in Landshut ab 1902 zwischen Dreifaltigkeitsplatz und Bahnhof. Sie wurde 1913 von einer elektrischen Tram ersetzt.

Ein Sonntagausflug 1925

Knecht Ruprecht

Wir hatten eine Köchin, die hieß Kathi wie unsere Kindefrau. Sie war zwar sehr tüchtig, hatte aber die Angewohnheit, während des Kochens Zeitung zu lesen. Meine Mutter konnte das gar nicht leiden, ermahnte sie deshalb oft und verbot ihr schließlich das Zeitunglesen in der Küche total, als die Kathi eines Tages eine große Reine mit Rohrnudeln hatte anbrennen lassen. Meine Mutter machte ihrem Ärger im Kreis der Familie Luft. Ja, sie breitete ihren Unmut sogar im Beisein von uns Kindern aus.

Als mein Bruder Roman vom Missgeschick der Köchin Kathi hörte, machte er sich über sie lustig. So rief er ihr mehr als einmal nach: „Kathi, heute schreiben wir auf die Speisekarte ‚Verbrannte Rohrnudeln, eine Spezialität von Kathi Huber'."

Kathi ärgerte sich sehr über die Späße meines Bruders und drohte ihm, sie würde es dem Nikolaus sagen. „Und wenn der kommt, wird er dich verhauen und in den Sack stecken!", bekräftigte sie jedes Mal ihren Fluch.

Das Nikolausfest kam näher und Kathi bat meine Mutter um Erlaubnis, für uns Kinder den Knecht Ruprecht spielen zu dürfen. Mama lachte über dieses Ansinnen, wollte ihr aber die Freude nicht verderben. Sie gestattete der Köchin, den Knecht Ruprecht zu mimen, bat jedoch mit Nachdruck darum, uns Kinder nicht allzu sehr zu erschrecken; denn das mochte sie nicht.

Mit dem Segen meiner Mutter lieh sich die Kathi am Nikolaustag von den Brauereikutschern einen alten Pelzmantel mit Kapuze sowie eine Kette und einen Rupfensack. Ihr Gesicht rieb sie sich mit rotem Ziegelmehl ein und sie klebte sich zusätzlich einen langen, struppigen Bart aus Bast ins Gesicht. Sie sah in dieser Maskerade wirklich zum Fürchten aus.

Das Zimmermädchen, die Rosl, aber verriet uns Kindern, dass die Köchin vorhatte, den Knecht Ruprecht zu mimen, unseren Roman tüchtig mit der Rute zu verhauen und ihn in den Sack zu stecken, weil er sie mit der Anspielung auf ihre verbrannten Rohrnudeln immer so ärgerte. Wir Geschwister hielten zusammen wie Stahl und Eisen oder auch wie Pech und Schwefel und gaben unserem Bruder den vortrefflichen Rat, sich mit Papas Spazierstock zu bewaffnen.

„Und wenn dich der Knecht Ruprecht schlagen will, haust' d mit dem Stock einfach zurück!", war unsere klare Empfehlung. „Wir helfen dir dabei ganz bestimmt."

Wir hatten gerade zu Abend gegessen und spielten noch im kleinen Wohnzimmer im ersten Stock, als wir plötzlich ein Rasseln und Poltern vernahmen. Unsere Küchen-Kathi trampelte als Knecht Ruprecht verkleidet die Treppe herauf und wuchtete sich eisenkettenschwer ins Zimmer. Wir sprangen sofort auf wohlwissend, was wir zu erwarten hatten, und umringten schützend unseren Bruder Roman. Auch Kathi, unsere herzensgute Kinderfrau, trat wie die den Mantel ausbreitende Schutzpatronin Bayerns hinter uns.

„Wo ist der böse Bube Roman?", war Knecht Ruprechts erste Frage. Tief und brummig klang unserer Köchin Stimme und recht bedrohlich: „Wenn du der lieben Köchin Kathi noch einmal die verbrannten Rohrnudeln vorhältst, bekommst du von mir den Hintern versohlt!" Dabei zog Knecht Ruprecht drohend die Gerte hoch, als wollte er zum Schlag ausholen. Doch da war unser Roman schneller. Er schlug dem Knecht des heiligen Nikolaus Papas Spazierstock über den Kopf, dass der nur noch so torkelte und schwankte. Und das war auch das jähe Ende unserer Nikolausfeier. Knecht Ruprecht verließ auf der Stelle fluchtartig das Wohnzimmer und schepperte mit den schweren Eisenketten die Stiege hinab.

Wir freuten uns sehr, dass Roman so einen Schneid gezeigt und der Köchin wie ein echter Musketier Paroli geboten hatte. Als wir zur Türe hinausspähten, um uns vom Verschwinden des Knecht Ruprechts zu überzeugen, fanden wir davor die Nikolausgeschenke, die unsere Mama für uns bereitgestellt hatte. Jedes Kind bekam einen Teller mit einem schokoladenen Nikolaus, Äpfel, Nüsse und Plätzchen. Vor jedem Teller brannte eine rote Kerze geschmückt mit Tannengrün.

Unser Knecht Ruprecht aber landete völlig erschöpft und schwindlig in der Küche. Die Küchenmädchen mussten der armen Kathi aus dem schweren Pelzmantel helfen und ihren arg geschundenen Kopf mit kalten Umschlägen versorgen.

Als Mama in Küche kam, erzählten ihr die Mägde, dass Kathi als Knecht Ruprecht verkleidet eine über den Kopf gebraten bekommen hatte und infolgedessen noch ganz damisch sei. Da musste sich unsere Mama das Lachen wirklich verkneifen, obwohl sie sehr besorgt um Kathi war.

Und als uns Mama und Papa in unserem kleinen Wohnzimmer im ersten Stock des Ainmillers vor dem Zubettgehen noch besuchten, um gute Nacht zu sagen, erzählten wir begeistert vom Besuch des Knecht Ruprecht und, wie tapfer und schneidig sich unser Roman gezeigt hatte. Obwohl sie für unsere Situation durchaus Verständnis aufbrachten, meinten sie dennoch, es sei für fromme Kinder nicht schicklich, den Knecht des heiligen Nikolaus zu schlagen. Es war dies auch das letzte Jahr, dass ein Nikolaus bzw. ein Knecht Ruprecht zu uns Kindern ins Haus kam.

Weihnachtsgebäck

Rezepte aus Tante Finis Kochbuch von 1916

Weihnachtsbrezel

Von ½ Pfund feinem Mehl, ½ Pfund Butter, 4 Eidotter, 2 Esslöffel voll saurem Rahm, dann von einer Zitrone abgeriebenem Gelben und 200 Gramm Zucker arbeitet man einen feinen, zarten Teig ab, lässt ihn zugedeckt 1 Stunde ruhen, formt dann durch Ausdrehen des Teiges kleine Brezel, bestreicht sie mit Eigelb, bestreut sie mit gewiegten Mandeln und gestoßenem Zucker, bestreicht ein Blech mit Schmalz, legt die Brezel darauf und backt sie bei mäßiger Hitze im Rohr, bis sie eine leichte Bräune bekommen.

Butterplätzchen

½ Pfund Butter, ½ Pfund Mehl, ¼ Pfund Zucker werden mit 5 Eidottern zu einem Teig verarbeitet. Den Teig zugedeckt 1 Stunde ruhen lassen, danach nochmals durchkneten und in 4 Teile teilen. Mit dem Nudelholz jedes Teil dünn ausrollen und mit verschiedenen Formen ausstechen, die Plätzchen mit Zucker bestreuen, auf ein gefettetes Backblech legen und bei mäßiger Hitze backen, bis sie leicht braun werden.

Vanillebrezerl

½ Pfund Zucker (Vanille) wird mit 4 Eiern und ½ Pfund Butter schaumig gerührt und dann 1 Pfund feines Mehl darunter gemengt. Dann werden aus dieser Masse kleine Brezel geformt, auf ein mit Schnalz bestrichenes und mit Mehl bestreutes Backblech gelegt, mit Eigelb leicht bestrichen, mit feinem Zucker bestreut und im Rohr blassgelb gebacken.

Das Weihnachtsfest

Noch heute bewundere ich meine Eltern, wieviel Mühe sie sich gaben und wieviel Arbeit sie sich machten, um das Weihnachtsfest für uns, die Familie, unsere Angestellten und unsere Gäste würdevoll zu gestalten.

Da sie tagsüber wegen des Geschäfts nicht viel Zeit für private Dinge hatten, schmückten sie den Weihnachtsbaum in der Nacht vor dem Heiligen Abend. Wir hatten große Zimmer und drei bis vier Meter hohe Räume. Eine beinahe ebenso hohe Tanne verzauberten sie jedes Jahr zu einem glitzernden Lichterbaum.

Mama vergoldete Nüsse, polierte rotbackige Äpfel auf Hochglanz und hängte Süßigkeiten an goldene Fäden. Papa behängte den Baum mit bunten Kugeln, Glocken, Vögeln und silbernem Lametta, nachdem er die roten Weihnachtskerzen gleichmäßig auf die Zweige gesteckt hatte. Dann wurden lange Tische mit weißem Linnen gedeckt und mit Tannengrün geschmückt. Darauf legten sie unsere Geschenke und die für das ganze Personal. Die großen Räume waren schwer zu beheizen. Papa versorgte deshalb den Kachelofen tüchtig mit Holz und Kohle, dass das Ofenrohr nur so glühte.

Gerade an den Weihnachtstagen war bei uns geschäftlich einiges los. Viele Herrschaften holten sich am Tag des Heiligen Abend für das Fest Bratwürste und Weißwürste. Einer gab dem anderen die Tür in die Hand. Um sieben Uhr abends aber wurden die großen Tore geschlossen und wir alle fanden uns im Flur vor dem großen Wohnzimmer auf Einlass wartend ein, um Weihnachten zu feiern. Auch einige Stammgäste waren von meinen Eltern zum Weihnachtsfest eingeladen, meist alleinstehende Junggesellen, die keine Familienangehörigen hatten.

Papa zündete die Lichter am Weihnachtsbaum an, während wir, Groß und Klein, draußen vor der Tür in andächtigem Schweigen verharrten und auf das Läuten des Weihnachtsglöckchens warteten. Wenn wir endlich vom hellen Glockenton in das Wohnzimmer gerufen wurden, blieben wir jedes Mal voll ehrfürchtigem Erstaunen in der Türe stehen, ergriffen vom Lichterglanz, bis mein Vater uns aufforderte, ins Zimmer zu treten. Wir versammelten uns um den Christbaum und sangen „Stille Nacht, Heilige Nacht". Meine Mutter stimmte das Lied an und wir alle folgten ihr erst zaghaft und leise, dann immer lauter.

Danach verteilten unsere Eltern die Geschenke. Meist waren es recht praktische Dinge, Sachen zum Anziehen oder etwas für die Aussteuer der Mädchen. Wir Kinder bekamen auch Spielsachen, jedes Kind aber nur eines. Aber alle waren wir glücklich und zufrieden, mit dem, was uns das Christkind brachte, und mit dem, was wir erleben durften. Mama forderte uns dann auf, an der langen Tafel Platz zu nehmen. Es gab Punsch und Christstollen. Es wurde geplaudert und erzählt von Weihnachten, wie es früher einmal war. So mancher der Erwachsenen hatte bei all den Erinnerungen Tränen in den Augen.

Vor der Christmette um Mitternacht stärkten wir uns mit Weiß- und Bratwürsteln, Kümmelschuberln und Brezen, bis uns die Glocken von Sankt Martin zum Kirchgang riefen.

Wir Kinder durften am nächsten Morgen ausschlafen, unsere Eltern aber mussten schon wieder früh aus den Betten; denn am ersten Feiertag kamen viele Gäste zum Weihnachtsessen. Dazu gehörte traditionell auch ein Gänsebraten.

Festliche Suppen

Rezepte aus Tante Finis Kochbuch von 1916

Butternockensuppe

¼ Pfund Butter wird mit drei ganzen Eiern schaumig gerührt, nach und nach wird 1/8 Pfund (63 g) Mehl nebst einer
Messerspitze Salz dazu gerührt.

1/2 Stunde vor dem Anrichten wird 1 ½ Liter Fleischbrühe
in Sud gebracht.

Die Masse mit einem blechernen Esslöffel, den man zuvor
jedes Mal in die kochende Suppe taucht, in kleinen Nocken ein-
gelegt und 4 bis 5 Minuten zugedeckt langsam gekocht.

Dann werden sie behutsam ausgehoben in die Suppenschüs-
sel gelegt, die Suppe über die Nocken geseiht und zu Tische
gegeben.

Königinsuppe

In 50 Gramm Butter dünstet man 100 Gramm Mehl hell-
gelb, löscht mit kaltem Wasser ab, füllt mit Fleischbrühe auf,
salzt sie und lässt sie 1 Stunde gut durchkochen.

Dann gibt man 1/8 Liter Weißwein dazu und rührt die
Suppe mit Eigelb und saurem Rahm ab.

Beim Anrichten kann man fingerdick gebähte Semmelschnitten oder Klößchen in die Suppe geben.

Das Osterfest

Auch das Osterfest wurde bei uns immer schön und würdig gefeiert. Papa bereitete rechtzeitig einen großen Schinken vor, räucherte ihn im Kamin und ließ ihn am Karsamstag in die Hofbäckerei Limbrunner, gegenüber der Martinskirche gleich zu Beginn der Bogengänge, tragen und ihn im Bierteig im großen Backofen backen. Unser Küchenherd wäre dazu viel zu klein gewesen. Der Schinken war mild und saftig. Er schmeckte allen einmalig gut.

Unsere Mama ließ von den Küchenmädchen die Ostereier bunt färben. Damit sie schön glänzten, wurden sie mit einer Speckschwarte eingerieben. Die Köchin backte Osterfladen und einen riesigen Hefezopf.

Am Ostersonntag wurde schon früh am Morgen ein weiter, runder Korb mit einer großen weißen Serviette ausgelegt. Darin wurden ein deftiges Stück Schinken im Brotteig, der Hefezopf, der Osterfladen, viele bunte Eier, ein großes Stück Kren ausgebreitet. Auch durfte ein Büchschen mit Salz und Pfeffer für die Weihe nicht fehlen.

Dieser üppig gefüllte Korb wurde dann von uns Kindern zur Kirche getragen, um seinen Inhalt am Ende des Ostergottesdienstes weihen zu lassen. Für unsere Köchin Kathi war es unerlässlich, die für die Weihe bestimmten Eier etwas anzupicken. „Damit d´ Weih durchgeht!", wie sie sich ausdrückte.

Nach der Kirche gab es das Osterfrühstück. Ein jeder unserer Familie, auch die Angestellten, erhielten einen bunten Osterteller und etwas von dem Geweihten. Selbstverständlich wurden auch die Stammgäste österlich beschenkt. Vor allem die

Junggesellen erhielten von Mama jeder persönlich einen Osterteller. Alle freuten sich über diesen schönen Brauch.

Unter den Bögen

Das Fronleichnamsfest

Landshut war schon immer eine sehr katholische Stadt. Und deshalb wurden auch gerade die kirchlichen Feste ganz besonders groß gefeiert. Der Tag des Heiligen Josef an 19. März, Peter und Paul am 29. Juni und Mariä Himmelfahrt am 15. August. Ein Höhepunkt im Kirchenjahr war das Fronleichnamsfest kurz nach Pfingsten. Da wurden die Häuser der Altstadt mit Birkenbäumen geschmückt, und die Schwaiger, wie man die Gemüsegärtner nannte, fuhren schon um sechs Uhr morgens mit ihren Heuwagen durch die Altstadt, um auf die Straßen, worüber später die Prozession mit dem Allerheiligsten zog, frisch gemähtes Gras zu streuen. Welch herrlicher Duft zog durch die Straßen Landshuts!

Genau unserem Haus gegenüber schmückten die Klosterfrauen des Städtischen Krankenhauses einen wunderschönen alten Barockaltar mit silbernen Leuchtern. Davor legten sie aus Blumenblättern einen Teppich aus. Die Blüten zeigten das Bild des Heiligen Herz Jesu oder der Heiligen Maria. An diesem Altar wurde das erste Evangelium gelesen. Insgesamt waren vier Altäre aufgebaut. Die Prozession zog von einem Altar zum andern und endete in der St. Martinskirche. Bei jedem Altar hielten die Gläubigen an, um zu beten und zu singen und um das Evangelium anzuhören.

Die Prozession formierte sich am Dreifaltigkeitsplatz. Die Herren Pfarrer kamen etwa um halb acht mit dem Allerheiligsten, einer goldenen Monstranz, aus der St. Martinskirche. Die Glocken läuteten so laut, dass sie den Körper zum Vibrieren brachten. Böllerschüsse hießen den Festzug sich in Bewegung zu setzen.

Die Prozession bewegte sich durch die Altstadt bis zum Seligenthaler Kloster und zurück. Neben dem Allerheiligsten schritten salutierend in Paradeuniformen Offiziere des Infanterieregiments. Ihnen folgte eine Abteilung berittener Offiziere des Schwere-Reiter-Regiments in feschen Uniformen und mit Buschhelmen. Danach kam der Herr Oberbürgermeister mit der Amtskette um den Hals. Ihn begleiteten die Stadträte, die Herren der Regierung, die Amtsrichter und Staatsanwälte in ihren Roben. Hintenan reihten sich die Professoren der Realschule und des Gymnasiums mit ihren Schülern und die Abordnungen der Studentenverbindungen ein. Dem Festzug folgten auch die Klosterfrauen der hiesigen Schulen und Krankenhäuser und ihre Schülerinnen. Besonders würdevoll schritten die Solanushausschwestern einher.

In einigem Abstand folgten die Franziskanermönche. Sie trugen einen blumengeschmückten aus Holz geschnitzten lebensgroßen Christus am Kreuz auf ihren Schultern. Die Menschen, welche die Straßen säumten, fielen beim Anblick des Kreuzes ehrfürchtig auf die Knie und schlugen tiefgebeugt das Kreuzeichen auf Stirn und Brust.

Auch die bürgerlichen Schwaiger nahmen an der Prozession teil. Einer von ihnen ging im Gewand des Herzogs mit und wurde von einem etwa acht Jahre alten Buben, der den jungen Prinzen darstellte, begleitet. Das sollte in Dankbarkeit daran erinnern, dass einmal ein Schwaiger bei der Belagerung der Stadt dem Sohn des Herzogs das Leben retten konnte.

Es folgten dem Zug viele Vereine, der Kriegerverein, der Sängerverein und der Frauenverein. Auch viele Bürger der Stadt gingen bei der Prozession mit. Zwischen den einzelnen Gruppen marschierte immer eine Musikkapelle. Soldaten standen am Straßenrand zu beiden Seiten, wo sich die Prozession entlang

bewegte, und achteten darauf, dass niemand während des Fest-
zuges die Straße betrat. Sie salutierten, wenn das Allerheiligste
vorbeigetragen wurde. Die Fronleichnamsprozession endete in
der St. Martinskirche, wo alle Gläubigen voll Inbrunst das „Te
Deum laudamus", Großer Gott wir loben Dich, sangen. Die
Glocken läuteten vom Martinsturm, dass der ganze Körper
bebte.

An solch einem Festtag ging es bei uns ganz besonders hoch
her. Mein Vater war schon in aller Herrgottsfrüh auf den Beinen
und machte mit den Metzgergesellen gute frische Weiß- und
Bratwürste. Auch meine Mutter stand schon früher als sonst in
der Küche und bereitete alles auf den Ansturm der Prozessions-
teilnehmer vor. Sie ließ es sich aber nicht nehmen, das erste
Evangelium mit allen Angestellten vor unserem Haus mitzufei-
ern. Dazu wurde das große Haustor geöffnet, das den Blick auf
den gegenüberliegenden Altar freigab. Danach gingen alle wieder an die Arbeit und bald schon stellten sich die ersten Gäste
ein, denen die Prozession zu lange dauerte, um sich mit Weiß-
und Bratwürsten zu stärken. Im Nu war das Lokal voll besetzt.

Für uns Kinder war Fronleichnam ein ganz besonderes Fest,
auf das wir uns schon lange zuvor freuten und auf das wir uns
immer mit großem Eifer vorbereiteten. Unser Kinderfräulein,
die Kathi, half uns natürlich dabei. Bereits acht Tage davor wurden unsere weißen Sonntagskleider und Unterröckchen gewaschen und gestärkt. Fehlte etwas bei der Wäsche oder waren wir
herausgewachsen, ging meine Mutter mit uns ins Kaufhaus
Tietz, das dem Herrn Hirsch, einem guten Kunden von uns,
gehörte.

Ich bekam meist neue weiße Kniestrümpfe und eine schöne
Haarschleife. Außerdem wünschte ich mir noch Wuckerl zum
Haareindrehen, um für die Prozession besonders schöne Lo-

cken zu bekommen. Die Haare wurden mit Zuckerwasser gewaschen und auf die Wuckerl gedreht. Mit denen gingen wir sogar in die Schule. Der Erfolg war gekrönt mit einem Lockenkopf.

Bis zum dritten Schuljahr gingen wir Mädchen ganz in Weiß wie kleine Bräute bei der Prozession mit, danach trugen wir die Uniformen der höheren Mädchenschule der Ursulinen, schwarzes Kleid mit einer blauen Baumwollschärpe und einem weißen Spitzenkragen. Das Haar schmückte ein Kranz aus weißen Rosen. Einmal durfte ich neben der Muttergottesstatue gehen. In der rechten Hand hielt ich ein blaues Band, das mich mit der Heiligen Maria verband. In der Linken trug ich eine weiße Lilie. Ich war sehr stolz darauf, dass die Nonnen mich als Marienkind ausgewählt hatten.

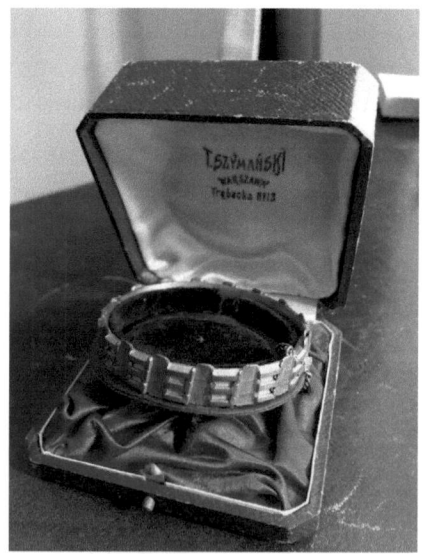

Der goldene Armreif

Der goldene Armreif

Obwohl mein Vater alles andere als ein Militarist war, musste er wie jeder junge Mann vom 14. Oktober 1893 bis 22. September 1895 bei der 8. Batterie des Königlichen I. Feldartillerie Regiments „Prinz Regent Luitpold" seinen Wehrdienst leisten. Ihm wurde bescheinigt, sich als Kanonier während dieser Dienstzeit „sehr gut" geführt zu haben.

Als am 28. Juli 1914 der große Krieg ausgerufen wurde, hoffte meine Mutter sehr, man würde ihren Mann als Pächter vom Ainmiller als unabkömmlich einstufen und nicht wieder zum Militärdienst einberufen. Wie sollte sie mit fünf Kindern das neue Geschäft allein weiterführen?

1915 kam der Einberufungsbescheid. Mein Vater hatte jedoch das Glück als gelernter Metzger und Restaurateur beim Küchendienst gebraucht zu werden. Angestachelt durch die Propaganda, die auch an uns Kindern nicht vorbeiging, wollten wir, allen voran unser Bruder Roman, unseren Vater wie einen Helden unbedingt zum Bahnhof begleiten. Er lehnte das strikt ab und meinte beim Abschiednehmen nur. „Bleibts bei eurer Mama! Die braucht euch dringender."

Sein Weg führte ihn direkt nach Osten an die Front. Am 5. August 1915 wird Warschau von den deutschen Truppen besetzt. Mein Vater ist mit dabei. Am 12. September 1924 bekommt er nachträglich dafür das Frontkreuz verliehen.

Meine Mutter hatte ihm als treusorgende Ehegattin vor der Abreise in seinen Gürtel einige Goldtaler eingenäht. Wohlweislich für alle Notfälle.

Bei der Einnahme Warschaus am 5. August 1915 explodierte in unmittelbarer Nähe meines Vaters eine Handgranate. Er blieb gottseidank unverletzt. Das untere Stück der Granate nahm er mit sich, gab es in Warschau dem Juwelier T. Szymanski in der Trebacka Nr. 13 und dazu ein Goldstück aus seinem Gürtel mit der Bitte, daraus einen Armreif für seine Tochter Josefine zu gestalten.

Die Kompanie, in der mein Vaters diente, musste urplötzlich aufbrechen. Der Befehl hierzu kam für alle Soldaten sehr überraschend. Mein Vater und seine Kameraden saßen bereits in den Eisenbahnwagons, da erschien im letzten Augenblick, bevor der Zug sich in Bewegung setzte, der Juwelier Szymanski am Bahnsteig, lief von Wagon zu Wagon und rief ganz laut: „Roman Metz! Roman Metz! Dein Armreif!"

Im letzten Moment, der Schaffner blies bereits in seine Trillerpfeife, reichte der Juwelier meinem Vater eine dunkelrote Schmuckschachtel zum Fenster hinein. Darin lag ein Armreif aus der Granate gefertigt und vergoldet. Der Juwelier war ein Jude und mein Vater erzählte allen, die es hören wollten oder auch nicht, welch gute Erfahrung er mit dem ehrlichen Juden T. Szymanski aus Warschau gemacht hatte.

Der Armreif zeigt auf der Innenseite eine Gravur:

Von d. Vater z. Erinnerung an Warschau 1915

Meine Schwester Fini hielt den aus der Handgranate gefertigten und vergoldeten Armreif ihr Leben lang in Ehren.

Unser Bruder Roman 1913

Unser Roman

Unser Bruder Roman war unser Held. Roman war im Januar 1904 auf die Welt gekommen. Er war der einzige Sohn meiner Eltern und so der einzige Bruder von uns Mädchen. Was immer er sagte und tat, war unserer Bewunderung sicher.

1917 besuchte er die dritte Klasse der Realschule. Obwohl er sich immer neue Späße und Streiche ausdachte, war er dennoch manchmal ruhig und in sich gekehrt. In solchen Momenten wirkte er traurig auf uns. Meine ältestes Schwester Maria nahm ihn in dann in den Arm und versuchte ihn mit einem Schokoladenriegel zu trösten.

Wenn Roman auf der Geige spielte, saßen wir Schwestern um ihn herum, sangen und klatschten in die Hände. Manchmal tanzten wir nach seiner Melodie. Roman war gutmütig und unendlich geduldig mit uns, wenn wir ihn zum Spielen aufforderten oder ihn baten, uns eine Geschichte aus dem Märchenbuch vorzulesen.

Eines Tages kam Roman früher als üblich von der Schule nach Hause. Er schlang das Mittagessen hastig in sich hinein und meinte, er müsse schon bald wieder aufbrechen, um Brennnesseln zu sammeln. Sein Lehrer habe die Schüler aufgefordert, dies gemeinsam am Nachmittag zu tun, um Wolle für die Socken der U-Boot-Matrosen im Krieg zu gewinnen. Wolle aus Brennnesseln? Der Lehrer hatte diese Aufforderung einer feurigen Rede folgen lassen. Er benutze dazu die Worte Paul von Hindenburgs:

„Deutschland steht im 4. Kriegsjahre militärisch und wirtschaftlich unerschüttert. Eine Welt von Feinden hat nicht vermocht, es niederzuringen. Dieses Rätsels Lösung liegt in dem guten Gewissen des deutschen Volkes. Der Kampf ist uns aufgezwungen. Jeder Deutsche weiß, es geht um Sein oder Nicht-Sein. Und so leistet an der Front - wie in der Heimat - jeder fast Übermenschliches. Der Hieb ist die beste Abwehr. Darum, nicht aus Eroberungssucht, haben wir überall den Krieg in Feindesland getragen und unser Vaterland vor den Schrecken des Krieges bewahrt. Da Waffen und Hunger Deutschlands Siegeswillen nicht niederzwangen, griff der Feind zur Niedertracht. Er suchte Zwietracht zu säen, das Volk von seinem Kaiser zu trennen. An der deutschen Treue sind seine Giftpfeile aber abgeprallt. So wird die deutsche Eiche allem Sturm trotzen. Mit ruhiger Zuversicht erwarten wir den Ausgang des Ringens. Der gerechte Gott ist mit uns. Ans Vaterland, ans teure, schließ' dich an! Das halte fest mit deinem ganzen Herzen. Hier sind die starken Wurzeln deiner Kraft."

Von solch markanten Worten angefeuert wollte auch unser Roman seinen Beitrag zum Sieg des Deutschen Volkes leisten. Mein Vater sagte nichts dazu. Er konnte sich für kriegerische Aktionen nicht erwärmen, hatte er doch selbst an der Front gekämpft und war bei der Explosion einer Granate knapp dem Tod entgangen. Er dachte bei dieser Brennnesselaktion sicherlich, es könne nicht schaden, wenn der Junge an die frische Luft kommt. Roman nahm Handschuhe mit, um sich nicht die Finger an den Blättern der Nesseln zu verbrennen, und einen Rupfensack, den ihm der Hausmeister Isidor gab.

Die Buben der Realschule gingen mit ihrem Lehrer in die Isarauen, um Brennnesseln, die der Sommer übriggelassen hatte, zu sammeln. Es war ein kalter und eher regnerischer Tag. Als Roman am Abend nach Hause kam, legte er sich sofort ins Bett. In der Nacht bekam er Schüttelfrost und hohes Fieber. Mama blieb fast die ganz Nacht an seinem Bett und kühlte seine heiße Stirn mit kalten Umschlägen. An den folgenden Tagen war Roman nicht ansprechbar. Er klagte über Übelkeit und Bauchschmerzen. Unser Hausarzt diagnostizierte eine aufkeimende Bauchfellentzündung, die er mit heißen Tüchern zu lindern empfahl.

Romans Schmerzen wurden immer stärker. Er weinte, was sonst nicht seine Art war, und war zu keinen Späßen mehr aufgelegt, wenn wir zu ihm ins Zimmer kamen. Er lehnte sogar die Schokolade ab, die ihm meine Schwester Maria mitbrachte.

Papa bestand darauf, einen weiteren Arzt zu Rate zu ziehen. Aber auch der meinte, der Bub habe sich beim Brennnesselsammeln verkühlt und verordnete, weiterhin heiße Wickel auf den schmerzenden und aufgeblähten Bauch unseres Bruders zu legen.

Als ich mit Annerl und Kathrin an seinem Bett stand, sprach unser Bruder kein Wort mit uns. Er starrte an die Decke vor sich hin. Sein Kopf glühte, seine Augen waren wässrig trüb. Plötzlich erhob er seine rechte Hand. Mit seinem Zeigefinger schrieb er etwas in die Luft, wie bei dem Schriftraten, das er oft mit uns gespielt hatte und bei dem wir so viel Spaß hatten. Mit schwacher Hand zeichnete er Buchstaben für Buchstaben in die Luft. Ich las laut mit und erstarrte. Was er schrieb, war: „Ich muss sterben!"

Auch der dritte Arzt, den Papa herbeirufen ließ, bestätigte eine Bauchfellentzündung. Am nächsten Morgen lag unser geliebter Bruder tot im Bett. Er war in der Nacht an den Folgen eines Blinddarmdurchbruchs gestorben.

Meine Mama hatte das Unglück geahnt. Sie ließ einen Tag vor Romans Tod den Pfarrer von St. Martin kommen, der ihrem einzigen Sohn das Sterbesakrament erteilte. Wir alle waren dabei betend um Romans Bett gestanden.

In der Todesanzeige stand geschrieben:

Tief erschüttert überbringen wir unseren Verwandten und Bekannten die traurige Nachricht, dass heute Nacht unser einziges braves, heißgeliebtes Söhnchen Roman Metz, Schüler der 3. Realklasse, nach kurzem, aber schwerem, mit größter Geduld ertragenem Leiden nach Empfang der hl. Sterbesakramente im 13. Lebensjahre sanft im Herrn verschieden ist.

Ein Lied, das Mama gerne sang

Unsere Mutter arbeitete hart und viel. Von früh morgens bis in die Nacht stand sie in der Küche. Wenn es ihre Zeit erlaubte, setzte sie sich nach dem Mittagstrubel in den Hof des Ainmiller, um die Nachmittagssonne zu genießen. Unser Flocki saß ihr zu Füßen und schaute treuherzig zu ihr auf, wenn sie uns das Lied vom Almenrausch vorsang:

Almenrausch, Almenrausch, bist a schöns Bleamerl.
Almenrausch, Almenrausch, blühst so schön rot.
Rot ist die Liab und liab war mein guter Bua.
Rot warn die Lippen, wie Purpur so rot.
Wenn ich so vor dir steh, tut mir mein Herz so weh
Almenrausch, Almenrausch, blühst so schön rot.

Enzian, Enzian, bist a schöns Bleamerl.
Enzian, Enzian, blühst so schön blau.
Blau ist die Treu, und treu war mein guter Bua.
Blau warn die Augen, wie der Himmel so blau.
Wenn ich so vor dir steh, tut mir mein Herz so weh.
Enzian, Enzian, blühst so schön blau.

Edelweiß, Edelweiß, bist a schöns Bleamerl.
Edelweiß, Edelweiß, blühst so schön weiß.
Weiß ist der Tod und tot ist mein guter Bua.
Weiß warn die Wangen, die Hände wie Eis.
Wenn ich so vor dir steh, tut mir mein Herz so weh
Edelweiß, Edelweiß, blühst so schön weiß.

Das Schweinchen Rosa

Wir waren alle glücklich, als unser Papa überraschend als kriegsuntauglich aus dem Feld zurückkam. Viel hat er uns nicht erzählt über das, was er an der Front erlebt hatte.

Vor allem war Mama, die die ganze Zeit ohne ihn im Geschäft und mit uns Kindern tapfer überbrückt hatte, froh, wieder ihren Mann an ihrer Seite zu wissen. Und Roman, unser Bruder, der oft so tiefsinnig und in sich gekehrt herumlief, blühte richtig auf, als der Vater wieder bei uns war. „A Bua braucht an Vatan", meinte Mama dazu.

Der Krieg tobte weiter, Mangel aller Art war an der Tagesordnung. Fast nichts mehr bekam man ohne Lebensmittelmarken. Da man auch mit Eiern sparsam umgehen musste, mischte meine Mutter, findig wie sie war, ein gelbes Kracherl unter den Pfannenkuchenteig. Die Farbe dieser Limonade täuschte Eigelb vor, die Kohlensäure machte den Teig locker. Die Gäste lobten ihre Zauberei.

Meines Vaters vornehmliche Aufgabe war es, Lebensmittel für unsere Küche zu organisieren. Er fuhr schon früh am Morgen mit dem Rad aufs Land, um bei den Bauern, die er als Gäste kannte und die ihn als Wirt schätzten, Mehl, Fleisch, Speck, Butter und Eier zu kaufen. Oft war er den ganzen Tag unterwegs, um am Abend gar mit einem Kälbchen oder einem Schwein zurückzukommen.

Eines Tages brachte Papa von seiner Beschaffungstour ein kleines, rosa Schweinchen mit. Wir Kinder waren ganz begeistert von diesem niedlichen Tier. Papa sperrte es in einen kleinen Stall, den der Hausmeister Isidor dafür eigens zusammengebaut hatte. Wir Kinder ahnten, dass das Schwein eines Tages im

Bratrohr unserer Küche landen würde, sobald es seine Schlacht-reife erlangt hätte.

Maria, unsere älteste Schwester, verliebte sich geradezu in das Schweinchen. Sie nannte es Rosa und bat Papa, es nie und nimmer zu schlachten. Rosa wurde sehr zutraulich und durfte oftmals sogar im Ainmiller-Hof frei herumlaufen. Wenn Maria von der Arbeit zurückkam, trippelte ihr Rosa freudig entgegen. „Rosa versteht jedes Wort", davon war meine Schwester über-zeugt.

Bald aber wurde aus der kleinen Rosa eine richtige Sau. Wir konnten sie nicht mehr in den Arm nehmen, sie herumtragen und ihr Bussis geben. Trotzdem wurde sie von Maria mindes-tens einmal die Woche gebadet und mit einer roten Schleife um den Hals geschmückt. Rosa genoss diese Art der Zuwendung.

Dann kam die Zeit der rasanten Geldentwertung. Im Feb-ruar 1923 kostete ein Pfund Brot 130 Mark, ein Ei 250 Mark, ein Pfund Mehl 1200 Mark, 1 Semmel 70 Mark, ein Liter Bier 750 Mark.

Als Mitte November 1923 die neue Rentenmark eingeführt wurde, war Rosa nicht nur fett, sondern auch reif für den Bra-tentopf.

Maria war ganz unglücklich, als sie von der Arbeit nach Hause kam und schon beim Tor zum Ainmiller statt Rosas Be-grüßung den Duft von frischem Schweinebraten wahrnahm.

Für uns Kinder war das ein Trauertag, für meine Eltern aber der Beginn einer neuen erfolgreichen Geschäftsära. Rosa brachte der Familie Glück.

Tanzvergnügen

Meine Eltern hatten viele geschäftliche Verpflichtungen. Dazu gehörte natürlich auch der Besuch von Bällen. Mama wurde einige Male sogar zur Ballkönigin gewählt.

Zu Weihnachten schenkte mein Papa meiner Mutter immer einen schönen Stoff, der alsbald zu einem Ballkleid verarbeitet werden sollte. Mein Vater wählte vorzugsweise Lindener Samt. Ja, mein Vater war ein echter Kavalier! Meine Mutter legte zu den Bällen den alten Familienschmuck an. Beide waren gute Tänzer.

Als wir Mädchen größer waren, ließ unsere Mama den Tanzlehrer Grimmer ins Haus kommen. Er musste uns im Grünen Zimmer einen privaten Tanzkurs erteilen. Herr Grimmer war in Landshut ein bekannter Tanzlehrer. Die Tanzpartner für uns Mädchen suchte unsere Mutter mit tugendwachsamen Augen persönlich aus. Herr Grimmer nahm noch andere Tanzschüler und Schülerinnen hinzu, so dass wir insgesamt acht Paare waren. Seine Tochter spielte auf dem Klavier die Melodien, nach denen wir die Tanzschritte erlernen sollten. Und wir lernten nicht nur klassische Tänze wie den Walzer, sondern auch alle modernen Tänze, sogar den Charleston aus Amerika. Wir waren eine recht lustige Gesellschaft und wagten uns auch schon recht bald auf Faschingsbälle.

Eines Tages war es dann soweit. Ich durfte zum ersten Mal meinen Vater auf einen Ball begleiten. Er wurde als Ehrenmitglied irgendeines Vereines mit einer goldenen Nadel geehrt und musste den Ball mit einem Walzer eröffnen. Papa war ein wundervoller Tänzer. Er führte mich so sicher über das Parkett, dass ich glaubte, in seinen Armen zu schweben. Die Menschen um uns herum bestaunten uns und klatschten Beifall, ehe sie sich selbst dem Tanz anschlossen. Es war der schönste Walzer meines Lebens.

Roman Metz 1932

Der Faschingszug

Bei uns verkehrten die Waffenmeister Schwedler und Semmer und noch einige Offiziere, die sich zu einer Stammtischgruppe zusammengeschlossen hatten. Schon lange Zeit vor dem Faschingssonntag erzählten sie uns, dass das ganze Offizierskorps beim Faschingszug mitmachen würde. Und wir Mädchen sollten uns unbedingt vor dem Haus den Faschingszug anschauen. Die Waffenmeister dekorierten für den Festzug einen großen Wagen, auf dem sie ein dickes, schwarzes Kanonenrohr angebracht hatten.

Meine Schwestern Kathrin, Anna, und ich verkleideten uns fantasievoll als Spanierinnen und warteten vor dem Haus gespannt auf den Kanonenwagen. Wir standen, wie uns geheißen, ganz vorne in der ersten Reihe der Zuschauer direkt an der Straße. Viele bunte Wagen mit allerlei Masken zogen an uns vorüber. Schon von weitem erblickten wir das riesige Kanonenrohr. Wir jubelten unseren Stammgästen zu und winkten mit unseren spanischen Blumenhüten.

Neben dem Kanonenwagen gingen als bunte Clowns maskiert unsere Waffenmeister und einige der Offiziere. Plötzlich liefen zwei von ihnen auf mich zu, packten mich, hoben mich auf den Wagen und schwups war ich im Kanonenrohr verschwunden. Ehe ich mich recht versah, wurde ich durch das Rohr nach vorne geschoben und landete weich und unversehrt in einem Haufen bunter Konfettis und Luftschlangen. Das war eine Gaudi! Alle Leute, die das sahen, lachten, ganz besonders aber meine beiden Schwestern.

Den größten Spaß aber hatten die beiden Waffenmeister. Sie freuten sich, dass sie ausgerechnet mich erwischt hatten. Und als sie mich wieder vom Wagen herabhoben, riefen sie mir nach: „Also, Fräun Reserl, bis heute Abend!"

Ich lief gleich ins Haus und hatte zu tun, um die Konfettis, die überall an mir klebten, wieder abzuschütteln.

Nach dem Festzug kamen die Herren des Kanonenwagens zu uns ins Lokal, um sich zu stärken und ihren Durst zu löschen. Wir lachten über meinen Kanonenflug. Und es wurde noch sehr lustig. Wir tanzten bis tief in die Nacht.

Fasching beim Ainmiller 1928

Mamas letzte Bartlmä-Dult

Die Bartlmädult ist ein traditionsreiches Volksfest in Landshut. Sie wird seit 1339 jährlich Ende August abgehalten. Der Name rührt vom ursprünglichen Veranstaltungstermin, dem Namenstag des Heiligen Bartholomäus, her.

Für meine Eltern war es eine besondere Ehre das Bierzelt bei der Bartlmädult zu bewirtschaften. Es war aber auch eine einträgliche, wenngleich anstrengende Angelegenheit, die wohlgeplant und perfekt organisiert durchgeführt werden musste.

Meine Mutter freute sich, dass wir wieder einmal das Bierzelt bekamen und wies uns Töchtern schon lange vor dem Termin unsere Aufgaben zu. Sie ahnte nicht, dass dies ihre letzte Dult sein würde.

Mein Vater unterzeichnete am 10. August 1932 den Wirtsvertrag mit dem Landshuter Brauhaus. Die Brauerei verpflichtete sich, das große Festzelt samt Küche, die Aborte und den Vorgarten fertig zur Verfügung zu stellen und die Einrichtung bestehend aus Tischen, Bänken, Maßkrügen, Dekoration, Wasserzuführung und Beleuchtungsanlage zu liefern. Die Nachtwache war von meinem Vater zu engagieren, die Bezahlung derselben übernahm die Brauerei. Nachtwache hielten der Herr Beischl und sein Sohn.

Der Ganterpreis, der Bierpreis also, den die Brauerei verlangt, betrug für das dunkle Festbiers 1932 pro Liter 50 Pfennig, das Märzenbier kostete pro Liter 57 Pfennig. Als Verkaufspreis wurden für das dunkle Bier 60 Pfennig pro Liter und für das Märzenbier 70 Pfennig pro Liter festgelegt. Die Liefer- und Verkaufspreise beinhalteten bereits die Biersteuer.

Die Musikkapelle für das Festzelt bestand aus 18 Mann. Neun Mann wurden auf Kosten der Brauerei beim Ainmiller einquartiert und mit Frühstück und Mittagessen verpflegt. Für das Frühstück mit 2 Broten wurden 28 Pfennig, pro Bett 1 Mark und pro Mittag- und Abendessen je 80 Pfennig verrechnet. Die gesamte Kapelle wurde ebenfalls auf Kosten der Brauerei abends im Festzelt verpflegt. Überdies erhielt jeder Musiker pro Tag 3 Liter Bier auf Bierzeichen. Das Bier musste in der Festhalle getrunken werden und war ebenfalls mit der Brauerei zu verrechnen. Bier, das die Musiker ansonsten, speziell mittags, tranken, war von ihnen selbst zu bezahlen. Das Schuhplattlerpaar war wie üblich von meinem Vater zu verpflegen. Es erhielt zusätzlich von der Brauerei pro Tag zwei Liter Bier.

Die täglich zu spielende Zeit der Musik von Samstag, dem 20. Augst 1932, dem Tag des Bieranstichs, bis einschließlich Sonntag, den 28. August sollte auf Weisung des Festwirts nach jeweiliger Vereinbarung mit der Brauerei erfolgen. Ob und wie lange pro Tag gespielt wurde, richtete sich nach der Witterung und war jeweils von der Brauerei beziehungsweise vom Festwirt zu bestimmen.

Mit dem Satz „8.) Der Abschuss der Feuerwerkskörper im Zelt erfolgt jeweils im Einvernehmen mit dem Festwirt." endete der Vertrag, der brauereiseitig von Ludwig Koller und Eugen Fleischmann, den Direktoren vom Landshuter Brauhaus, unterzeichnet wurde.

Meine Mutter sorgte sich vorrangig um die Küche im Festzelt und das hierfür notwenige Personal. Der Betrieb im Ainmiller musste parallel zum Volksfest weiterlaufen.

Traditionell fuhren mein Vater und meine Mutter am Tag des Dultbeginns in einer Pferdekutsche zum Festzelt. Sie wurden von den Zuschauern am Straßenrand herzlich beklatscht und bejubelt.

Die Bartlmädult 1932 war finanziell gesehen ein guter Erfolg für den elterlichen Betrieb. Das war meiner Mutter besonders wichtig, zumal sie 1923 und nach dem schwarzen Donnerstag 1929 viel des Ersparten verloren hatte und sie jetzt erst wieder Land sah, was ihre Altersversorgung betraf.

Nach Zeltschluss saß Mama jede Nacht an der Kasse und zählte gewissenhaft die Einnahmen des Tages, ehe sie zusammen mit dem Vater nach Hause ging. Sie hatte die Angewohnheit, beim Geldzählen zwischendurch immer mal wieder den Daumen kurz an die Lippen zu führen, um ihn zu benetzen. Das wurde ihr zum Verhängnis. Sie infizierte die Lippen. Es zeigten sich bald schon kleine Bläschen, die sich im Laufe der kommenden Wochen über den ganzen Körper verteilten. Sie waren sehr schmerzhaft. Zum Schluss musste man meine Mutter im wahrsten Sinne des Worte auf Watte betten. Und weil es in Landshut nicht genug Watte gab, wurde solche in großen Mengen von München geordert. Drei Ärzte, die sie behandelten, wussten keinen Rat. Meine Mutter verstarb am 2. Dezember 1932 mit 58 Jahren versehen mit den heiligen Sterbesakramenten.

Anna Metz 1932

Mamas Abschied

Bericht der Landshuter Zeitung

Die Beerdigung der am Freitagabend verstorbenen Restaurateurs-
gattin Frau Anna Metz gab gestern Vormittag im städtischen Fried-
hof eindrucksvolle Kunde von der großen Beliebtheit und Wertschät-
zung, deren sich diese treffliche Frau allseits erfreute. Unter der statt-
lichen Trauergemeinde, die sich um das reich mit Kränzen und Blu-
men geschmückte Grab versammelte, bemerkte man auch zahlreiche
Angehörige der Beamtenschaft und der Geschäftswelt. Musik klang
dem Trauerzug voraus. Hochwürden Herr Stadtkommissär Stadt-
pfarrer Graf Preysing gab in seinen Worten der tiefen Erschütterung
Ausdruck, den der Tod dieser angesehenen Frau auslöste, die mitten
aus einem Leben der Arbeit und Mühen gerissen wurde und mit dem
Gatten fünf Töchter in größter Trauer zurückließ. Eine Trauerweise
beschloss den ersten Akt in der Stille der müden Vorwinterstunde,
über die die Sonne ihr goldenes Leuchten schüttete.

Die Totenmesse wurde in der St. Martinskirche gefeiert. In
einem gläsernen Kutschenwagen wurde Mamas blumenge-
schmückter Sarg von vier Pferden durch die Stadt zum Friedhof
gezogen. Unsere Familie begleitet von vielen trauernden Ange-
hörigen und Gästen folgte der Kutsche. Viele Leute säumten
auf den Gehsteigen den Weg und bekreuzigten sich mit einer
tiefen Verbeugung, wenn die Kutsche mit dem Sarg ihren Weg
passierte.

Unser Hofopernsänger Josef Königer schrieb ein Gedicht,
das die Landshuter Zeitung abdruckte.

Am Grabe
der Frau Anna Metz

Die beste Mutter senkte man in's Grab,
Die ihren Kindern und dem Gatten gab,
Was eine edle Frau nur konnte geben.
Von Liebe war beseelt ihr ganzes Leben.

Sie schuf das Glück in ihrem stillen Haus.
Des Glückes Frieden zog dort ein und aus.
Sie kannte nur ein unermüdlich Walten,
So konnte sie des Hauses Wohl gestalten.

Da kam der Tod und riss sie aus dem Glück,
Und nimmer bringen Tränen sie zurück
Von jenem Weg, den alle müssen gehen;
Doch bleibt im Leid als Trost ein Wiedersehen.

Josef Königer

Das Leben und der Betrieb beim Ainmiller mussten weitergehen. Nun war meine Schwester Fini die Küchenchefin, Papa
beschaffte die Lebensmittel und kümmerte sich um die Gäste,
mein Platz war fortan hinter der Schänke.

Das Alte Bier

In den Wirtshäusern Niederbayerns wurde zu meiner Zeit noch ein alter Brauch gepflegt, genannt das Alte Bier. Die Tradition des Alten Biers selbst geht bis ins 16. Jahrhundert zurück. Damals durfte das Bier nur in der kalten Jahreszeit gebraut werden, nämlich zwischen Michaeli, dem 29. September, bis Georgi, dem 23. April. Grund dafür war die Brand- und Explosionsgefahr, die gerade in der heißen Jahreszeit, also von Ende April bis Ende September, von den Sudkesseln ausging. Vorgegeben war diese damals durchaus sinnvolle Regelung durch die Bayerische Brauordnung vom 1539. Das Bier wurde bereits seit 1516 nach dem Bayerischen Reinheitsgebot, erlassen von den bayerischen Herzögen Wilhelm IV. und Ludwig X., gebraut, also mit Wasser, Gerste und Hopfen.

Da aber gerade in den Sommermonaten bekanntlich der Durst am größten ist, musste das Bier auf Vorrat produziert werden. Und es sollte haltbar sein; denn es gab noch keine Kühlanlagen. Die wurden von Herrn Carl von Linde erst im 19. Jahrhundert erfunden.

Ende März braute man deshalb für die Sommerzeit ein besonders haltbares und süffiges Bier, das Märzen. Aber auch das Märzen musste kühl gehalten werden, um nicht sauer zu werden. So entstanden direkt bei den Brauereien die Bierkeller, in denen man die Bierfässer auf Eis und Schnee gekühlt lagern konnte. Das Eis wurde im Winter auf Vorrat aus den zugefrorenen Seen und Weihern gesägt und in Stangen in die Bierkeller gebracht. Zur äußeren Kühlung der Keller pflanzte man Kastanienbäume darüber. So entstanden im Laufe der Zeit die schattigen Biergärten, in denen die Brauer sehr zum Leidwesen der Wirte das Bier direkt an die durstigen Seelen ausschenkten.

Nach der Getreide- und Hopfenernte im Herbst durften die Brauereien wieder frisches Bier herstellen, das Winterbier. Dafür musste in ihren Lagerkellern Platz geschaffen werden. Das Bier, das vom Sommer übriggeblieben war, musste also verkonsumiert werden. Und dazu erfand man – echt bayerisch – ein Fest, dem Kirchweihfest ähnlich mit Tanz und Schmankerln, das noch heute so manchem unter dem Namen „Altes Bier" in Erinnerung ist.

Meine Schwester Maria 1920

Fräun Mare und das Alte Bier

Meine Schwester Maria, die älteste von uns Geschwistern, verließ 1923 gerade in der Zeit der Billionenwährung den elterlichen Betrieb, um in der Brauerei Fleischmann direkt beim Ainmiller als Bürokraft ihr eigenes Geld zu verdienen. Sie war bereits 23 Jahre alt, als sie von Herrn Eugen Fleischmann sen. für den Brauereibetrieb entdeckt wurde.

Wie so oft saß Maria, unser Maberl, in ihrer knappen freien Zeit auf einem Bierbanzen im Hof hinter der Küche des Ainmiller-Anwesens und war dabei, konzentriert Perle für Perle zu einem Handtäschchen aneinanderzureihen. Der alternde Brauereidirektor Eugen Fleischmann hatte sie schon oft von seinem Fenster aus beobachtet und ihren Fleiß und ihren Eifer bewundert. Mal sah er sie in einem Buch lesen, mal handarbeiten, nie aber ohne eine Beschäftigung.

„Aus Ihnen muss was werden, Fräulein Maria", sagte er an jenem Nachmittag. Er war zu ihr in den Hof hinunter gekommen und stand nun direkt vor ihr. „Kommen S' doch zu mir ins Brauereibüro. Da wird so eine tüchtige, junge Frau wie Sie gebraucht. Eine gründliche Ausbildung bekommen Sie auch bei uns und Sie werden Ihr eigenes Geld verdienen." Der Herr Direktor Fleischmann wusste, dass Maria für ein Taschengeld bei ihren Eltern in der Küche, im Restaurant oder hinter der Schenke mitarbeitete. „Sie sind viel zu gescheit für einen Wirtsbetrieb. Wenn S' wollen, red ich mit Ihrem Herrn Papa."

Maria wollte und schuf damit die Grundlage für eine beachtenswerte Karriere als Frau im Brauereigewerbe.

Als am 23. Oktober 1923 kurz vor der endgültigen Stabilisierung der Währung die befreundeten Brauer Fleischmann und

Koller ihre Unternehmen fusionierten, wurde Maria in die neue Firma „Landshuter Brauhaus, Brauerei, Mälzerei und Nährmittel Werke AG" übernommen. 1925 wurde der Betrieb in „Landshuter Brauhaus Koller-Fleischmann AG" umbenannt.

Maria wohnte weiterhin bei uns im Ainmiller und half auch weiterhin nach ihrem Dienst bei uns im Restaurant und in der Küche mit. Am Abend erzählte sie uns, was sie tagsüber im Brauereibetrieb so alles erlebt hatte. Besonders amüsant fanden wir ihre Erzählungen über ihre Erlebnisse beim Alten Bier.

Unsere Maria hatte sich schon bald durch ihren Fleiß und ihr Können zur unentbehrlichen Chefsekretärin im Landshuter Brauhaus emporgearbeitet. Ihr Büro lag im ersten Stock des Kollerbräu in der unteren Altstadt von Landshut. Und nur durch ihr Büro gelangte man in das Zimmer der Chefs, zu den Herren Rudolf und Ludwig Koller und zum Herrn Direktor Eugen Fleischmann. Schon bald durfte d' Fräun Mare, wie man das unverheiratete Fräulein Maria nannte, die Herren Brauereibesitzer mit zum Alten Bier begleiten und nach einigen Jahren überließ man ihr diese für die Herren eher lästige Pflicht auch ganz allein.

Zwar gab es schon längst Kühlanlagen, in denen das Bier gelagert werden konnte, die Tradition des Alten Biers aber wurde weiterhin von den Brauereien und den Wirten gepflegt.

Das Alte Bier war in Niederbayern ein mindestens ebenso wichtiges und bedeutendes Fest wie eine Kirchweihfeier und wurde auch in ähnlicher Form zelebriert. Zum Alten Bier gab es gebratene Gänse und Enten, saures Gans- und Entenjung, Kirchweihnudeln, ein Schmalzgebäck, das auch als Auszogne bekannt ist, jede Menge Freibier, gespendet von der Brauerei, und natürlich Tanz.

Zum Tanz spielte die dorfeigene Kapelle auf. Und es war geradezu Pflicht eines Brauereibesitzers in seiner Vertragswirtschaft eine große Zeche zu machen und auch zu tanzen.

Da die hygienischen Verhältnisse in Niederbayerns Dorfwirtschaften noch in den 1930er Jahren nicht den heutigen Standards entsprachen, war es verständlich, warum die Herren Brauereibesitzer und ihre Angetrauten den Besuch des Alten Bieres und somit die Vertretung der Brauerei gerne der Fräun Mare überließen.

d' Fräun Mare

Der Fürst bittet zum Tanz

„Morgen, Fräun Mare, morgen begleiten S' mich zum Alten Bier", bestimmte der Herr Direktor Fleischmann, Mitbesitzer vom Landshuter Brauhaus. „Und dass Sie ja g'scheit essen, Fräun Mare! Wir müssen eine ordentliche Zeche machen! Gelln' S, Fräun Mare! Ich nehm meine Frau diesmal nicht mit, weil die allerweil ned g'scheit isst. Also heben'S Eana einen ordentlichen Hunger auf, Fräun Mare, damit wir uns nicht blamieren!"

Meine Schwester Maria fühlte sich geehrt, ihren Chef zum Alten Bier begleiten zu dürfen, auch wenn dies an einem Samstag war, wo sie nach ihrer Büroarbeit eigentlich im elterlichen Betrieb beim Ainmiller gebraucht worden wäre.

Am Samstagnachmittag holte sie der Herr Direktor Fleischmann persönlich mit Brauereichauffeur ab. Eine große Ehre für d' Fräun Mare. Das Fräulein Mare hatte für diesen Anlass ein neues dunkelblaues Kostüm und eine weiße Spitzenbluse ausgewählt und sich ihre besten seidenen Strümpfe angezogen. Sie fuhren mit dem Dienstwagen der Brauerei, einem Opel, Richtung Frontenhausen, wo sie von den Wirtsleuten bereits erwartet und herzlich begrüßt wurden.

In jenem Ort gab es ein Schloss, das von einem Fürsten bewohnt wurde, wenn er zur Jagd ging, was sehr häufig der Fall war. Seine Durchlaucht war sehr leutselig, verbrachte die Abende nach der Jagd gerne in der Dorfwirtschaft inmitten der Bauern und Burschen und war gerade deshalb bei der Jugend des Dorfes sehr beliebt. Auch so manches Fräulein des Dorfes schwärmte vom Fürsten, aber aus einem anderen Grunde.

Zu diesem Alten Bier hatten sich die Burschen des Dorfes einen besonderen Spaß ausgedacht. Ein jeder von ihnen trug einen Trachtenanzug, wie es der Fürst zu tun pflegte, wenn er zur Jagd erschien, und eine Maske vor dem Gesicht, die dem Aussehen des Fürsten sehr ähnlich war. Der Fürst erschien ebenfalls zur Feier des Alten Biers, aber wie meist, wenn er im Dorf weilte, ohne die Fürstin. Man bat Herrn Fleischmann und das Fräulein Metz neben Seiner Durchlaucht Platz zu nehmen. Welche Ehre!

„Und dass Sie mir ja g'scheit ess'n, Fräun Mare!", ermahnte der Herr Direktor Fleischmann ein letztes Mal seine Sekretärin. Sie aber wurde vom Fürsten total in Beschlag genommen, der sich anscheinend sehr gerne mit der feschen Dame aus Landshut unterhielt. Er amüsierte sich köstlich über die Maskerade der jungen Männer und kündigte an, dass er an diesem Abend gewiss auch tanzen werde. Der Modetanz schlechthin, der damals auf allen Veranstaltungen getanzt wurde, war der Adam. Zu diesem Tanz gehörte es sich, dass Tänzer und Tänzerin bei einem bestimmten Trommelschlag der Musik sich umdrehten, um ihre Allerwertesten mehrmals rhythmisch zusammenzustoßen. Ein Heidenspaß für die Jugend, und vor allem für den jung gebliebenen Fürsten.

Zu essen gab es reichlich: ein Entenjung als Vorspeise und eine gebratene Ente mit Knödel und Blaukraut als Hauptgericht. Danach wurden zum Kaffee in Butterschmalz frisch gebackene Auszogne gereicht. Das Bier schmeckte allen ganz hervorragend. Und es wurde immer wieder zugeprostet und auf das Wohl des Herrn Fürsten und der Bräuin, damit war die Fräun Mare gemeint, angestoßen.

Bei so viel Flüssigkeit regte sich auch bei Fräulein Mare ein recht menschliches Bedürfnis und sie entschuldigte sich sowohl beim Fürsten als auch beim Herrn Direktor Fleischmann, sie müsse sich unbedingt einmal die Hände waschen. Damals gab es keine Spülklosetts, sondern – wenn überhaupt – dann nur Plumpsklos, meistens außerhalb des Wirtshauses nahe bei der Jauchegrube, Odelgrube genannt.

Die Männer gingen, um Wasser zu lassen, erst gar nicht bis dahin, sondern brunzten wild in der Gegend herum. Bei gestiegenem Alkoholpegel war es durchaus auch üblich, dass die jungen Burschen in kleinen Gruppen übers Kreuz pinkelten, das heißt, dass einer den Strahl des anderen zu treffen versuchte, was eine Riesengaudi und ein besonderes Zeichen der Zugehörigkeit zur dörflichen Jungmännerschar war.

„Wo ist denn, bitte, die Toilette?", fragte das Fräulein Maria, wie damals üblich, leicht verschämt die Wirtin, die sie in der Küche vor dem großen Herd antraf.

Und die erklärte ihr den Weg direkt dorthin: „Aufn Abort wolln'S, Fräun Metz. Nacha also, da gengan' S hintre an der Odelgruben vorbei, bis d´ Gred aufhört. Nacha sehng' S schon s´ Aborthäusl." Sie deutete dabei zum Fenster blickend mit ausgestecktem Zeigefinger über den Hof.

Draußen war es schon dunkel und überall, wo das keusche Fräun Mare, die letzte Jungfrau von Niederbayern, ihre Blicke hinschweifen ließ, sah sie brunzende Männer, die nach Erledigung ihres Geschäftes mit etwas übertriebenen Zuckungen ihren Zebedäus abschüttelten. Fräulein Maria richtete ihren Blick schamhaftig geradeaus, balancierte, wie von der Wirtin empfohlen, über die Gred und rutschte, als sie das Ende derselbigen erreichte, ab und direkt in die Odelgrube hinein. Das war der passendste Moment, wo sie dachte, was sie manchmal auch aussprach: „Scheiße!"

Es fanden sich sogleich hilfsbereite Burschen, die sie aus der Odelgrube herauszogen. Bis zum Nabel hinauf war das Fräulein

164

Mare von Jauche benetzt. Schuhe und Strümpfe waren am schlimmsten betroffen.

„Jessas, Jessas, Jessas na!", jammerte die Wirtin, als sie das Unglück gewahrte. „Ziang S' gleich d´ Schuh und d´ Strümpf aus, Fräun Metz, dass ich's waschen ko. Mein Gott na, mein Gott na, muss des ausgrechnet heit beim Alten Bier passieren! Setzen S' Eahna daweil zu mir in d´ Küch!"

Die Wirtin reinigte die Schuhe und wusch die seidenen Strümpfe in einem Scheffel mit warmer Seifenlauge heraus. Und damit sie schneller trockneten, legte sie selbige einfach ins Bratrohr, wo die Gänse- und Entenbraten warmgehalten wurden. Das Fräulein Maria wusch ihre Beine mit dem Seifenwasser ab, rieb so gut es ging, die Spritzer aus dem Rock und wollte auf einem Küchenstuhl sitzend warten, bis die Strümpfe im Ofenrohr getrocknet waren.

In der Luft lag unverhohlen der Geruch von Gülle. Das konnte auch kein kölnisch Wasser mehr überdecken, welches das Fräulein Maria aus ihrer Handtasche zog. Das alles war ihr sehr, sehr peinlich. Sie war gerade dabei, sich mit einem Stamperl von diesem Schrecken zu erholen, da wurde die Küchentüre aufgerissen, und die dralle Bedienung Sofie rief: „Wo ist denn d' Bräuin? Der Fürst möcht mit ihr tanzen!"

Schnell schlüpfte das Fräulein Maria befürchtend, der Herr Direktor Fleischmann würde ihr langes Fernbleiben beanstanden, in die noch nassen Schuhe und kehrte, wegen der Flecken auf der Rückseite ihres Rockes, bemüht, sich nur von vorne zu zeigen, in die Wirtsstube zurück. Dort stand schon der Fürst auf dem Tanzboden, verneigte sich vor ihr und packte dann gleich kräftig zu. Und es erfüllten sich Fräulein Marias schlimmste Befürchtungen. Es wurde der Adam getanzt. So war

nicht zu verhindern, dass des durchlauchtigsten Fürsten Aller-
wertester besonders kräftig gegen das jauchegetränkte Hinter-
teil der Bräuin stieß, und weil's der Fürst so lustig fand, immer
wieder von Neuem. Die Burschen klatschten begeistert zum
Rhythmus des Tanzes in die Hände. Das Fräulein Maria wäre
aber am liebsten im Erdboden versunken. Zwar konnte man in
der Menschenmasse den üblen Geruch von Jauche nicht wahr-
nehmen, sie fürchtete jedoch, dass man die Flecken auf ihrem
Rock entdecken würde. Der Fürst tanzte noch viele Adams mit
ihr, ließ noch oft seinen Hintern gegen den ihrigen klatschen
und entließ sie erst, als der Herr Direktor Fleischmann zum
Aufbruch mahnte.

Auf der Rückfahrt rümpfte der Herr Brauereidirektor immer
wieder die Nase und bemerkte dabei: „Fräun Mare, hier stinkt's.
Es riecht grad so wie auf einem Misthaufen. Fräun Mare,
schmecken Sie's nicht?"

Als auch das Herunterkurbeln beider Wagenfenster keine
Besserung versprach, gestand das Fräulein Maria schließlich
peinlich berührt, welch Missgeschick ihr widerfahren war.

„Schrecklich, schrecklich, Fräun Mare!", kommentierte der
Herr Direktor Fleischmann kopfschüttelnd das Malheur. „In d´
Odelgrubn sind S' gfallen! Und da haben S' auch noch mit dem
Fürsten getanzt! Sie sind mir aber auch eine, Fräun Mare!"

166

Schweizer Gansjung

Wieder einmal forderte der Herr Brauereidirektor Eugen Fleischmann meine Schwester Maria auf, ihn zu einem Alten Bier zu begleiten. Und wieder mahnte er seine treue Sekretärin und Vertraute: „Dass Sie mir ja g'scheit was essen, Fräun Mare! Gelln' S! Wir müssen heut eine anständige Zeche machen!"

„Ja, ja, Herr Direktor!", entgegnete meine Schwester Maria treuherzig in der ernsten Absicht, ihrem Chef zu gehorchen und sich diesmal auch das Voressen, ein Gansjung, einzuverleiben. Sie verzichtete an jenem Tage auf das Frühstück und auch auf das Mittagessen, um für das Fest einen ordentlichen Appetit mitzubringen.

Wieder fuhren sie mit Dienstwagen und Chauffeur, diesmal in Richtung Dingolfing, zu einem Wirt, dessen gewaltigen Bierausstoß sie mit ihrer Anwesenheit und ihrem gesunden Appetit würdigen wollten.

„Setzen S' Eana her zu mir, Fräun Mare!", forderte der Herr Brauereidirektor seine Sekretärin fürsorglich auf, nachdem sie den Wirt gebührlich begrüßt und wegen seines vorbildlichen Bierumsatzes gehörig gelobt hatten.

„Mei Frau ist in der Küch", erklärte der Gastwirt. „Sie muass heut auskochen. Wir hätten a guats Gansjung, a bluatigs. Derf i Eana glei oans bringen?"

„Ja freilich!", bestätigte der Herr Fleischmann, der sich sichtlich auf was Gutes zum Essen freute. „Gelln' S Fräun Mare, a Gansjung mögen wir schon!"

Widerspruch war in diesem Fall zwecklos.

„Ich geh noch schnell in die Küche hinaus, um die Wirtin zu begrüßen", sagte das Fräulein Maria. „Bis das Gansjung kommt, bin ich wieder da."

Der Herr Direkter stimmte wohlwollend zu.

„Jessas, d´Bräuin kimmt!", rief die Wirtin herzlich auf, als das Fräulein Maria vom Landshuter Brauhaus die Küche betrat. Sie stand mit beiden Händen Knödel drehend vor dem Herd, auf dem in großen, offenen Töpfen Suppen, Bratensoßen und das Gansjung brodelten. „Jetzt kann i Eana gar ned d´ Hand gebn", kicherte sie. „Setzen S´ Eana a bisserl her zu mir, damit wir a weng ratschen können!"

Sie unterhielten sich über das Wirtsgeschäft, dass eine neue Kühlung längst schon fällig wäre und dass es zu viel Arbeit sei, die Küche zu versorgen und noch den dazugehörigen Bauernhof.

„Vor allem mit den Knechten hab ich so viel Arbeit zusätzlich", erklärte die Wirtin. „Grad vorhin hab ich noch die Socken von den Schweizern rauswaschen müssen."

Sie deutete dabei auf eine Art Wäschespinne, die an der Wand direkt über dem Herd angebracht war. An den Spreitzeln hingen vier Paar nasse, grobe Wollsocken, die auf den Ofen herabtropften, direkt in das Gansjung hinein.

Bei diesem Anblick verging dem guten Fräulein Maria der Appetit ganz gehörig. Und als sie wieder am Tisch neben dem Herrn Brauereidirektor saß, stocherte sie lustlos in ihrem Gansjung herum, so dass ihr Chef sie ermahnen musste: „Ja, was ist denn mit Eana los, Fräun Mare? Sie essen ja gar ned g'scheit! Hab ich ned g'sagt, dass Sie sich einen Appetit aufheben solln. Geht's Eana etwa ned gut?"

Das Fräulein Maria redete sich nur wenig glaubwürdig raus, ihr wäre noch vom Autofahren etwas übel.

Als aber der Herr Direktor Fleischmann auf der Heimfahrt noch einmal seinen Unmut wegen der schlechten Esserei seiner Sekretärin zum Ausdruck brachte, wobei er meinte „Da hätt ich gleich meine Frau mitnehmen können!", gestand das Fräulein Maria, was sie in der Küche gesehen und was ihr den Appetit so gründlich verdorben hatte.

„Und da lassen Sie mich das Gansjung essen!", entsetze sich der Herr Brauereidirektor. „Nein, Fräun Mare, das hätten sie mir wirklich sagen müssen! Mir wird jetzt, glaub ich, auch ganz übel."

Maria und Therese 1933

Gansjung-Rezept

Das Gansjung stammt aus einer Zeit, da es noch keine Kühl-anlagen gab und man das Fleisch vornehmlich in Essig einlegte, um es haltbar zu machen.

Zutaten:

Gänseklein bestehend aus Hals, Kopf, den beiden Flügeln, den Füßen, Magen, Herz und Leber der Gans

1 Zwiebel, Zitronenschale, Gelberübenblätter, 2 Nelken, Pfeffer, Salz, ein Viertel Liter Essig, ein halber Liter Wasser, Mehl oder Gänseblut zum Binden

Das Gänseblut wird beim Schlachten der Gans aufgefangen, mit etwas Essig gerührt und kann um Martini drei, späterhin bei größerer Kälte bis zu acht Tagen offen stehend an einem kalten Ort aufbewahrt werden; ohne Essig würde es aber bald verderben.

Zubereitung:

Dem Kopf sticht man die Augen aus, trennt ihn vom Hals, spaltet ihn in der Mitte durch, schneidet den Schnabel die Zunge weg, wäscht das schleimige aus und hackt ihn nochmals der Quere nach durch, entfernt die Gurgel und den Schlund sorgfältig aus dem Hals, teilt diese in 4 oder 5 Stücke, schneidet von den Füßen die Zehen ab, zerhackt die Füße sowie die Flügel in 3 Stücke, schneidet den Magen nach Belieben in kleinere Teile, legt alles mit einer geschnitten Zwiebel, 2 Nelken, etwas Zitronenschale, Gelberübenblättchen, etwas Salz und einer Messerspitze Pfeffer in einen Topf mit einem halben Liter Wasser und einem viertel Liter Essig und lässt es zusammen weich kochen.

Gansjung mit brauner Mehlsoße

In einem Tiegel mit heißer Butter wird ein Kochlöffel voll Mehl schön braun geröstet, von dem Gänskleinsud nach und nach dazu gegossen und dies zu einer dickflüssigen Soße verrührt, durch ein Sieb gerührt, das Gänseklein mit etwas Zitronensaft dazugegeben, nochmals kurz aufgekocht und angerichtet.

A bluatigs Gansjung

Früher war es durchaus üblich, die Soße anstatt mit Mehl mit Gänseblut zu binden.

Das Blut wird vor dem Anrichten kurz durchgekocht, wodurch das Gänseschwarz sehr an Farbe und angenehmem Geschmack gewinnt, und unter das Gansjung gerührt. Dann aber darf man vorher nur wenig Mehl zum Binden nehmen, weil das Blut selbst die Soße sehr verdickt.

Die Leber wird erst kurze Zeit vor dem Anrichten in die schon bereitete Soße gelegt, weil sie sonst hart wird.

Die Soße darf durchaus auch mit etwas Zucker versehen werden, so dass das Gansjung einen süßsäuerlichen Geschmack erhält

Würstel pur

Reichlich erfahren, was die hygienischen Verhältnisse einer Bauernwirtschaft betraf, beschloss meine Schwester Maria, beim nächsten Alten Bier nur noch heiße Wienerwürstel zu bestellen.

Als der Herr Brauereidirektor Fleischmann wieder einmal seine Sekretärin und Vertraute aufforderte, ihn zum Alten Bier zu begleiten, sagte meine Schwester Maria gerade heraus: „Das sag ich Ihnen gleich, Herr Direktor, diesmal ess ich nur a Paar heiße Würstel.“

Der Herr Direktor war damit wohl einverstanden, beschloss diesmal selbst auch nur Würstel zu essen, meinte aber: „Dann müssen wir halt wenigstens ein bisserl mehr trinken!“

Die Begrüßung war wie immer recht herzlich, vor allem freute sich die Wirtin, dass das Fräulein Maria vom Landshuter Brauhaus ihnen die Ehre gab. „Was mögen S' denn essen? Wir hätten a ganz frischs bluatigs Gansjung, aber auch recht resche Braten.“

„Sie müssen schon entschuldigen, Frau Huber“, sagte das Fräulein Maria, „aber heut hab ich gar keinen großen Appetit. Ich hab nämlich schon daheim essen müssen. Ich nehm heut nur ein Paar Würstel.“

„Und ich auch!“ fügte der Brauereidirektor rasch an.

„Schad!“, meinte die Wirtin. „Wo wir heut so gewaltig aufkocht haben! Aber setzen'S Eana doch a bisserl zu mir in'd Küch zum Ratschen, bis mei Mo kimmt.“

Das Fräulein Maria folgte der Wirtin in die Küche und setze sich neben den großen heißen Herd, der die Mitte des Raums einnahm. Auf ihm brodelten in Tiegeln und Töpfen Suppen, Bratensoßen und das Gansjung. Auf der linken Seite des Herdes war eine längliche, rechteckige, schmale Vertiefung eingelassen, die mit einem flachen Deckel verschlossen werden konnte. Man nannte dieses Becken, in dem immer heißes Wasser zum Verlängern von Suppen und zum Löschen von Soßen bereitgehalten wurde, das Wassergrandl.

Aus diesem Grandl schöpfte auch die Wirtin zwischendurch immer mal wieder mit einer Kelle Wasser, um den Braten aufzugießen. Und wenn Walburga, die dralle Bedienung eine Bestellung für Wiener-, Brat- oder Weißwürstl aufgab, dann hob die Wirtin routiniert den langen Deckel des Wassergrandls hoch und warf die Würste in das heiße Wasser, dass es jedes Mal nur so aufspritzte.

„Mei Mo muass glei kemma", sagte die Wirtin, während sie wieder drei Paar Wiener in das Wassergrandl fallen ließ. „Der is no beim Saufuadern."

Diese Wiener waren für den Herrn Direktor Fleischmann bestimmt, hatte doch die Kellnerin gerufen: „Drei Paar Wiener für'n Bräu!"

Auf einmal flog die Hintertür auf und der Wirt trat breitschultrig in die Küche. Er kam direkt vom Stall, hatte eine total verschmutzte Hose und ebensolche Schuhe an. Die Ärmel seines Hemdes waren bis über die Ellenbogen hochgekrempelt.

„Ja wer ist denn da? D`Bräuin persönlich! Ja sowas!", rief er mit herzlich lauter Stimme. „I muass mir bloß no d´Händ waschn."

Er ging zielgerichtet auf den Herd zu, öffnete das Wassergrandl, in dem Herrn Brauereidirektors Würstel sich erwärmten, und tauchte seine Pranken in das Wasser fast bis hinauf zum

Ellenbogen. Er trocknete sodann Hände und Arme an seiner dreckigen Schürze ab und streckte dem Fräulein Metz freudestrahlend die Hand zum Gruß entgegen.

„Ich glaub, ich ess heut gar nichts", sagte das Fräulein Maria zu ihrem Chef, der sich die eben ihm servierten Wienerwürstel mit einem scharfen Senf so richtig schmecken ließ.

„Aber gehn'S, Fräun Mare, wenigstens a Paar Würstel könnten'S essen. Da kann ja wirklich nichts dran sein. Also meine Wiener schmecken ganz wunderbar."

Auf der Heimreise wurde das Fräulein Maria wieder einmal wegen ihrer schlechten Esserei von ihrem Chef gerügt: „Wenigstens Würstel hätten S' essen können. Also s´ nächste Mal nimm ich glei meine Frau mit. Gut, dass unser Herr Gold so richtig gegessen hat!" Dabei schaute er mit einem geradezu dankbaren Blick zu Herrn Gold, dem Chauffeur, hin. „Wir hätten uns sonst blamiert. Ein Bräu, der keine Zech macht! Na-na-na!"

Nach der ausführlichen Rüge beichtete das Fräulein Maria ihrem verehrten Chef, was sie dieses Mal in der Küche erlebt hatte und was ihr den Appetit auf Würstel jeglicher Art so gründlich verdorben hatte.

Entsetzt entgegnete der Herr Brauereidirektor Fleischmann: „Und das haben Sie mir nicht gleich gesagt, Fräun Mare! Das hätten Sie mir wirklich sagen müssen, Fräun Mare! Ich glaub, mir wird jetzt schlecht, Fräun Mare!"

„Hätt ich´s Ihnen gesagt, Herr Direktor, dann hätten wir überhaupt keine Zeche mehr gemacht", versuchte sich das Fräulein Maria zu entschuldigen und kurbelte das Fenster herunter, von wegen der frischen Luft.

Die Sandner Mutti

Alice und Michael Sandner lebten mit ihren Kindern Gabi und Paul von 1939 bis 1952 in Landshut. Noch heute erinnert ein altes Haus am Jodokplatz mit der stolzen, wenngleich verblassten Aufschrift „Pension Sandner" an diese Familie, deren Oberhaupt zweifelsohne Alice Sandner war. Wir nannten sie wegen ihrer mütterlichen Ausstrahlung, ihrer von allen geschätzten Fürsorglichkeit und ihrer Bodenständigkeit die Sandner Mutti.

Alice Sandner war die geborene Wirtin und Geschäftsfrau. Sie erblickte im Jahre 1900 in Paris das Licht der Welt und wuchs im Elsass auf, in jenem Land, wo die Menschen zu kochen, zu essen und zu trinken verstehen. Dort entwickelte sie ihr Verständnis für die gute und feine Küche und ihren gepflegten wie auch liebevollen Umgang mit den Gästen. Sie war zwar klein von Gestalt, im späteren Alter hatte sie etwas von einem lebhaften Gummiball, ihr Herz aber war von einer einzigartigen Größe und Güte. Mit ihrer hellen, eher piepsigen Stimme wirkte sie wie ein kleines, aber kluges Mädchen. Sie wusste stets, was sie wollte, und setzte durch, was sie für richtig hielt. Alice Sandner war eine tüchtige Geschäftsfrau und als solche überall beliebt. Ihre Dynamik kannte keine Grenzen. Noch im Alter von 63 Jahren, wo andere bereits in den wohlverdienten Ruhestand gehen, erbaute sie ein riesiges Kurhotel mit Schwimmbad in Stankt Englmar, in dem sie fast bis zu Ihrem Tode die Chefin war. Zu ihren Gästen zählten viele Prominente aus Wirtschaft, Politik und Kultur. Franz Josef Strauß, Bayerns Ministerpräsident, gehörte ebenso zu ihren Freunden wie Leute von Film und Fernsehen. Ihre Arbeit wurde mit dem Bundesverdienstkreuz geehrt.

Neubeginn in Landshut

1939 suchten meine Schwester Maria und Stefanie Koller, die Gemahlin des Brauereidirektors Ludwig Koller, einen neuen Pächter für den Kollerbräu, die mit der Brauerei Koller-Fleischmann AG verbundene Gaststätte. Sie wurden auf eine Familie Sander aufmerksam gemacht, die damals in Dachau lebte.

Das Ehepaar Sandner hatte lange Jahre den Zieglerbräu in Dachau geführt. Das Haus war wegen seiner guten Küche weit über die Grenzen Dachaus hinaus bekannt und stets gut besucht. Auch die Nazi-Prominenz pflegte dort zu verkehren. Sie hielten regelmäßig ihre Versammlungen ab, da sie sich bei den Sandners gut aufgehoben und vor allem bestens bewirtet wussten, obwohl diese nicht einmal der Partei angehörten.

Michael Sandner kaufte, seit sie das Lokal übernommen hatten, seine Küchengewürze sowie Speiseöle und Fette immer von einem jüdischen Kaufmann. Dies behielt er auch so bei, als es in Deutschland Sitte wurde, nicht mehr bei Juden einzukaufen. Ja, Michael Sandner pflegte sogar die Tradition, sich mit dem jüdischen Kaufmann auf ein Glas Wein oder Bier zusammenzusetzen, wenn die Geschäfte getätigt waren. Er nahm die Warnungen seiner nationalsozialistischen Kunden nicht ernst genug, solche Geschäfte als Deutscher tunlichst zu unterlassen. Und das hatte Folgen für die Wirtsleute Sandner. Zunächst blieben die Partei-Bonzen weg, die Versammlungen wurden in ein anderes Lokal verlegt. Bald aber hielten sich auch andere Gäste fern; denn schließlich wollte man ja als anständiger Deutscher derlei Judengeschäfte nicht länger unterstützen. Als die Sandners auch weiterhin dem jüdischen Kaufmann die Treue hielten, was Michael Sandner mit den Worten begründete: „Mir hat der

Jud noch nie was Unrechtes getan!"', hängte man ihm und seinem jüdischen Lieferanten eine Straftat an. Michael Sandner kam ins KZ Dachau. Das war das endgültige Aus für den Wirtsbetrieb. Alice Sandner war verzweifelt und wusste nicht, wie sie allein in dieser Situation weitermachen sollte. Und sie tat, was sie immer in ihrem Leben machte, wenn die Situation brenzlig wurde, sie betete. Da kam gerade zum richtigen Zeitpunkt das Angebot aus Landshut, den Kollerbräu zu übernehmen. Vorher aber gelang es Alice Sandner durch ihre alten Beziehungen zu einflussreichen Nazi-Größen noch, ihren Mann aus dem KZ herauszuholen. Michael Sander sprach nie darüber, dass er im KZ war und was er im KZ Dachau erlebt hatte. Das Thema war absolut tabu, selbst in seiner Familie. Nur meiner Schwester, dem Fräulein Metz vom Landshuter Brauhaus, vertraute er die schrecklichen Erlebnisse einmal unter vier Augen einmal an.

Um aber nun in Landshut die Konzession für die Pachtübernahme zu bekommen, mussten die Sandners der ansässigen NS-Partei eine Spende in Höhe von zehntausend Reichsmark zukommen lassen. Dies wurde Michael Sander nach dem verlorenen Krieg wiederum zum Verhängnis, unterstellte man ihm doch aufgrund der generösen Spende, selbst ein Nazi oder zumindest ein Freund des NS-Regimes gewesen zu sein. Er wurde nun von den Amerikanern verhaftet und in ein Lager gesteckt, was den Zustand seines kranken Herzens verschlimmerte.

Exorzismus beim Kollerbräu

Nach dem Krieg führte meine Schwester Maria das Landshuter Brauhaus. Alice Sandner war Herrin des Kollerbräu. Die Männer, das heißt die Brauereibesitzer und Michael Sandner waren in amerikanischen Lagern. Trotz Mangels an allem, was man zu einem Wirts- und Brauereigeschäft dringend benötigte, hätten die beiden Frauen die ganze Sache recht gut im Griff gehabt, hätte man ihnen nicht einen Treuhänder vor die Nase gesetzt, einen aus einem Lager entlassenen Gangster. In Deutschen Lagern waren nämlich nicht nur unschuldige Juden, Zigeuner und Zwangsarbeiter inhaftiert, wie die Geschichtsschreibung es gerne glauben macht, sondern zu nicht geringer Anzahl auch echte Verbrecher.

Dieser Treuhänder hatte von einem Wirts- oder gar einem Brauereibetrieb null Ahnung. Umso mehr verstand er sich auf krumme Sachen, ließ Fleisch, Wurst, Fett und Mehl verschwinden, um sie auf dem Schwarzmarkt zu verhökern. Er war launenhaft und jähzornig, tobte und schrie bei allen möglichen Gelegenheiten und brachte mit seinen schikanösen Kontrollen, die vornehmlich dazu dienten, weitere Beute ausfindig zu machen und zu requirieren, die beiden Frauen schier zur Verzweiflung.

Eines Morgens klopfte Alice Sandner energischer als gewohnt an die Bürotür von Maria Metz im ersten Stock des Kollerbräu, spähte vorsichtig durch den Türspalt, um zu erkunden, ob selbige alleine sei, und tuschelte: „Fräun Metz, kommen' S! Jetzt reicht's mir mit dem Treuhänder. Das muss a mal ein Ende haben! Wir weih'n das Lokal aus, damit wir den Verbrecher endlich loswerden. S' Beten hat noch immer g'holfen, Fräun Metz. Kommen'S! Jetzt passt's grad, weil der Teifi ned da ist."

Mein Gott, jetzt ist's übergeschnappt, d´ Sander Mutti! dachte sich Maria besorgt, schlug das Kontobuch zu und folgte der kleinen Sandnerin trotz aller Bedenken.

Die kleine runde Wirtin rollte förmlich die Treppe hinunter, schnappte beim Vorbeieilen an der Theke ein Halbekrügerl und stürmte damit zielgerichtet zum Kollerbräu hinaus und die Altstadt hinunter. Das Fräulein Metz, nicht gerade unsportlich, konnte ihr gar nicht so schnell folgen. Die Sandner Mutti steuerte mit stolz erhobenem, wenn auch schwankendem Busen auf die Heiliggeistkirche zu und nahm sich nicht einmal Zeit der Fräun Mare die Kirchentür aufzuhalten.

Als diese schließlich ebenfalls das Gotteshaus betrat, war die kleine Sandner Mutti schon dabei, aus dem tiefen Weihwasserbottich mit dem Halbekrügerl das heilige Nass zu schöpfen, nicht ohne die Bräuin zum Gebet zu ermahnen: „Beten'S mit, Fräun Metz! Vater unser, der du bist im Himmel …"

Die Sandnerin machte vor den Altarstufen hastig einen kurzen Kniefall, soweit das ihre Figur erlaubte, und stürmte dann ebenso behänd wieder aus der Kirche über die untere Altstadt zum Kollerbräu zurück. Das Bierkrügerl balancierte sie mit ihrem kurzen, ausgestreckten Arm geschickt vor sich her, um nur ja nichts von dem heiligen und kostbaren Nass zu verschütten.

Das Fräulein Maria folgte ihr auf den Fuß, gehorsam wie ein Dackel, und war gerade beim „… erlöse uns von allem Übel, Amen!" angelangt, als sie die Gaststube des Kollerbräu betraten.

Die Sandnerin kruschte, wohl wissend, was zu tun sei, aus dem Besteckkasten einen silbernen Kaffeelöffel, tauchte ihn tief in das Bierkrügerl und begann mit dem Löffel nach allen Seiten hin das Weihwasser zu versprengen.

„Kommen' S, beten' S mit, Fräun Metz!", forderte sie immer wieder ihre Vertraute durchaus bestimmend auf. Dann schritt sie das Lokal ab, ging an einer jeden Wand entlang, treuherzig gefolgt vom Fräulein Metz. Vor jeder Ecke aber blieb sie stehen, um mit dem Kaffeelöffel eine Extraportion des geweihten Wassers in die selbige zu spritzen. Und jede Ecke war ihr ein eigenes Vaterunser wert. Ganz besonders betonte sie immer die Worte: „... und erlöse uns von allem Übel!"

Dem Fräulein Metz war diese Aktion nicht ganz geheuer, sondern eher peinlich, und sie spähte bei diesem Exorzismus immer wieder vorsichtig zur Türe, um nicht plötzlich vom Teufel selbst, dem verhassten Treuhänder, erwischt zu werden.

So schnell wie die Sandnerin die Aktion gestartet hatte, so abrupt beendete sie diese auch wieder und verschwand in ihre Küche. Und auch das Fräulein Metz zog sich wieder in den ersten Stock in ihr Büro zurück, um sich weiterhin der Buchhaltung zu widmen.

Es war das Zwölfuhrläuten kaum verklungen, das erstürmte die Sandner Mutti erneut das Brauereibüro. Ganz außer Atem berichtete sie mit ihrer hohen Stimme: „Stellen'S Eana vor, Fräun Metz, was grad passiert ist! Eben haben's den Treuhänder in'd Irrenanstalt nach Mainkofen eingeliefert. Er hat doch glatt einen Nervenzusammenbruch bekommen! Jetzt sehen'S selbs, dass's'Beten g'holfen hat!"

Und so waren die beiden geschäftstüchtigen Damen den bösartigen Treuhänder für immer los. Es wurde ihnen kein neuer mehr zugeteilt. Das Fräulein Maria Metz führte nun das Regime in der Brauerei, und Alice Sandner war absolute Herrscherin und Chefin des Kollerbräu

Mord auf Zimmer 13

Die Stadt war von den Nazis befreit, und die Befreier hatten sich als die neuen Herren Deutschlands in der Stadt breit gemacht. Die besten Villen und Wohnungen waren von den Besatzern okkupiert worden. Die Bewohner und Besitzer der Häuser hatten meist nicht einmal Gelegenheit, das Nötigste mitzunehmen. Meine Schwester Maria und ich waren ebenfalls aus unserem Haus an der Weinzierlstraße vertrieben worden. Man hatte uns zusammen mit dem Brauereibesitzerehepaar Stefanie und Ludwig Koller in der Molter-Villa am Annaberg notdürftig einquartiert.

Die Sandners hatten im ersten Stock des Kollerbräu ein paar Fremdenzimmer eingerichtet, gleich gegenüber vom Brauereibüro meiner Schwester Maria. Manches Mal blieb Maria in einem der Zimmer über Nacht, wenn sie länger zu arbeiten hatte und in der Dunkelheit nicht mehr hinauf auf den Annaberg laufen wollte. Das waren auch jene Abende, wo die Sandners sich mit dem Fräulein Metz und den letzten Gästen nach Geschäftsschluss zusammensetzten, um bei einem Glas Bier oder einer Flasche Wein, eine Kostbarkeit in diesen schlechten Zeiten, über Gott und die Welt zu plaudern. Dabei animierten sie immer wieder den jungen Paul, den Sohn von Alice Sander, ihnen mit vom Wein gelöster Zunge brav und treuherzig über seine ersten Liebesabenteuer als Soldat zu berichten. Meine Schwester Maria liebte diese Abende geselligen Beisammenseins.

Als in einer jener Nächte das Fräulein Metz zu später Stunde in ihr Zimmer hinaufging, das die Sandner Mutti für sie reserviert hielt, vernahm sie aus dem Nachbarzimmer, als sie dieses gerade passierte, eigenartige Geräusche. Ein dumpfes rhythmisches Schlagen. Kehlige Laute, als würde ein Mensch röcheln oder gar erwürgt werden. Dann ganz plötzlich wieder ein lautes Stöhnen und Grunzen. War das ein Mann? Dann wieder der wilde Schrei einer Frau. Hier geschieht ein Mord! Dessen war sich das Fräulein Metz jetzt ganz sicher. Hilfe ist angesagt! Sie läuft die Treppe hinunter und ruft nach der Sandner Mutti.

„Frau Sandner, Frau Sandner, ich glaub, im Zimmer 13 wird jemand umgebracht! Kommen'S schnell, ehe was Schlimmes passiert!"

Alice Sandner ließ sich nicht aus der Ruhe bringen; denn sie wusste ja, wen sie in Zimmer 13 einquartiert hatte. Und einen Mord konnte sie sich dabei gar nicht vorstellen, obwohl sie durchaus ängstlich war und bei ihren Autofahrten zwischen Straubing und Landshut immer ein Schlachtermesser aus der Küche unter ihrem Sitz versteckt hielt.

Sie begleitete das Fräulein Metz hinauf vor das Zimmer 13, wobei sie beruhigend deren Unterarm berührte. Nun war ganz deutlich das laute Stöhnen eines Mannes zu hören und dazwischen ein Hecheln und ein Wimmern. Oder war es das Röcheln einer Sterbenden?

„Ach gehn'S Fräun Metz!", sagte die Sandner Mutti und lachte, dass ihr Busen wogte. „Da drin wird niemand umgebracht. Da ist ein Neger drinnen mit einer Deutschen. Und die machen halt Liebe! Und die Neger stöhnen halt so laut bei der Liebe, wenn es ihnen Spaß macht. Wissen S des ned? Und dem Fräulein da drinnen scheint's auch ganz gut zu gefallen. Also da wird niemand umgebracht. Ganz im Gegenteil. Da können'S ganz beruhigt sein!"

Ja, und so wurde das keusche Fräulein Maria Metz, in Sachen Liebe bislang doch noch etwas unerfahren, nicht Zeugin eines

Mordes, sondern dank der Sandner Mutti jäh aufgeklärt, jedenfalls was die gutturale Untermalung des Liebesaktes durch den
Mann, insbesondere durch den schwarzen Mann, betraf.

Alice Sandner beim Kollerbräu 1950

Das erste Bier

Nach dem Zweiten Weltkrieg durfte in Landshut zunächst kein Bier mehr gebraut werden. Hierzu erteilte die amerikanische Militärregierung keine Genehmigung; denn zu Bier hatten die Amerikaner ein recht distanziertes Verhältnis. Sie liebten zwar selbst dieses Gebräu, lebten gedanklich aber noch in der Zeit der Prohibition, des totalen Alkoholverbots. Somit war Bier für die Sieger kein Nahrungsmittel, sondern eher eine Droge.

Es gab nach dem Krieg drei Brauereien in Landshut, den Reichardt Bräu, die Brauerei Wittmann und das Landshuter Brauhaus. Alle drei Brauereien wurden von Frauen geführt, da die Besitzer entweder noch in Kriegsgefangenschaft waren oder sich einer Entnazifizierung unterziehen mussten.

Im Landshuter Brauhaus führte meine Schwester, das Fräulein Maria Metz, allen in Landshut bekannt als Fräun Metz oder Fräun Mare, nach dem Krieg das Regiment. Sie traf sich regelmäßig mit Clara Neumayer, der Herrin des Reichardt Bräus. Und beide waren der festen Meinung, man müsse nun endlich wieder Bier brauen in Landshut. Auch die Dame der Brauerei Wittmann gesellte sich zu ihnen und hoffte auf eine Lösung.

„Ich geh einfach zum amerikanischen Gouverneur und hol mir die Brauerlaubnis!", beschloss das Fräun Metz eines Tages etwas blauäugig in ihrer resoluten Art.

„Ja können Sie denn überhaupt so viel Englisch, dass Sie ihm das beibringen können, Fräun Metz?", fragten die anderen Damen besorgt.

„Dafür reicht´s allemal", war Maria Metz überzeugt. Schließlich hatte sie in jungen Jahren die Höhere Töchter Schule der frommen Ursulinen besucht, wo neben Haushaltführen und den vier Grundrechnungsarten Englisch und Französisch Pflichtfächer waren.

„Dann holen'S doch bittschön gleich auch für uns die Brauerlaubnis ein, Fräun Metz!", baten die Damen vom Reichardt Bräu und vom Wittmann Bräu.

Maria Metz ging zum Telefon, wählte die Nummer der amerikanischen Militärregierung und verlangte direkt nach dem Mister Gouverneur, um sich einen Termin geben lassen. Aber sie wurde von einer etwas resoluten deutschen Sekretärin entschieden abgewimmelt.

„Dann komm ich morgen persönlich vorbei", beendete Maria Metz das Telefonat und beruhigte die zwei anderen Brauerei-Chefinnen, es ginge alles in Ordnung.

Am nächsten Morgen schritt das Fräun Metz dann auch zur Tat und im echt bayerischen Trachtenkostüm zum Büro des amerikanischen Gouverneurs, das in der Nähe der Heilig Geist Kirche lag. Noch außer Atem, klopfte sie beherzt an die Türe. Eine sehr devot wirkende, kleine, schwarzhaarige Sekretärin öffnete selbige mit überraschtem Blick und fragte, was sie wolle und ob sie einen Termin hätte.

„Ich möchte mit Ihrem Herrn Gouverneur sprechen. Und sagen Sie ihm, es ist ganz wichtig. Es geht um die Ernährung unserer Bevölkerung", trumpfte das Fräulein Metz auf.

„Also, wenn Sie keinen Termin haben, wird Sie der Herr Gouverneur auch nicht empfangen", entgegnete die brave und dienstbeflissene deutsche Sekretärin und verschwand kopfschüttelnd wieder hinter der Tür, aus der sie hervorgekommen war und die sie leise, aber dennoch entschieden zuzog.

Maria Metz ließ sich nicht einschüchtern oder gar abwimmeln. Stolz, wie es sich für eine echte bayerische Bräuin gehörte, blieb sie vor der Tür stehen, und als die kleine Sekretärin das nächste Mal aus selbiger hervortrat und Maria Metz mit einem überraschten, ja fast vorwurfsvollen Blick bedachte, da hakte das Fräulein Metz mit fester Stimme nach: „Na, wann kann ich Ihren Herrn Gouverneur nun endlich sprechen?"

Der untertänigsten Sekretärin blieb nichts anderes übrig, als nochmals in das Zimmer ihres Chefs zu verschwinden und für das Fräulein Maria Metz vom Landshuter Brauhaus um Audienz zu bitten. Schon nach wenigen Augenblicken kam sie wieder heraus und komplementierte das Fräulein Metz in das Büro des Gouverneurs: „Aber nur ganz kurz, bitteschön! Sie waren ja nicht angemeldet!"

Maria Metz richtete sich auf, was sie noch imposanter erscheinen ließ und betrat das gelobte Zimmer des Herrn Gouverneur. Ihr Blick fiel auf einen Kaugummi kauenden Amerikaner in Uniform mit vielen Abzeichen dekoriert. Er fläzte siegesbewusst in seinem Sessel hinter einem riesigen Schreibtisch und hatte seine Beine bequem auf selbigem liegen. Seine Arme verschränkte er hinter seinem Kopf mit dem Bürstenhaarschnitt.

So ein ungehobeltes Mannsbild, dachte sich Maria Metz, machte auf dem Absatz kehrt und verließ stolz erhobenen Hauptes das Zimmer, das sie kurz vorher nach langem Ringen betreten hatte. Selbstbewusst schloss sie die Türe von außen. Es war ein sehr gewagtes Spiel, das sie hier inszenierte. Wie würde der mächtige Amerikaner, der Eroberer Landshuts wohl reagieren!? Sie blieb einen Moment stehen und überlegte, ob sie nicht doch zu weit gegangen war.

Gerade dachte sie sich das Wort, das in solchen Momenten, vergessend eine Dame zu sein, über ihre Lippen zu kommen pflegte: „Sch…..!“, da kam die untertänigste aller untertänigen Sekretärinnen wieder fast in gebückter Haltung aus dem Büro des mächtigen Gouverneurs der Vereinigten Staaten von Amerika hervor, spähte vorsichtig um sich und wandte sich dann an das Fräulein Metz mit der Frage, warum Sie denn das Büro des Herrn Gouverneur so plötzlich verlassen habe, wo sie doch schon die Möglichkeit gehabt hätte, ihr Anliegen vorzubringen.

Maria Metz wandte sich dem Bürofräulein ganz langsam zu und entgegnete ebenso ruhig mit einer Kühnheit, über die sie sich später selbst nur wundern konnte: „Sagen Sie Ihrem Herrn Gouverneur, bitteschön, wenn er mit einer Dame spricht, dann soll er die Füße vom Schreibtisch runternehmen. Und den Kaugummi aus dem Mund!“

Dem Vorzimmerdrachen fiel das Kinn fast bis zur welken Brust herab ob solcher Dreistigkeit. Mit diesen Worten im Ohr verschwand sie sogleich wieder ins Büro ihres Chefs.

„Jetzt ist alles aus!“, dachte sich Maria Metz in diesem Augenblick. „Jetzt bin ich doch zu weit gegangen!“ Sie sah die Chance, in naher Zukunft Bier zu brauen, in sehr, sehr weite Ferne gerückt, wenn es in Landshut überhaupt jemals wieder dazu kommen sollte. Sie war schon dabei, die ausgetretene Stiege wieder hinunter zu steigen, um gewissermaßen resigniert das Haus zu verlassen, da rief die Sekretärin ihr aufgeregt nach, sie möchte doch bitte sofort ins Büro des Herrn Gouverneur kommen.

Als Maria Metz das Büro zum zweiten Mal betrat, ging ein freundlicher Offizier, nämlich der Herr Gouverneur persönlich, auf sie zu und begrüßte sie geradezu überschwänglich mit einem fast Bayerischen „Gruss God!“

„Wie ich höre, wollen Sie die Erlaubnis erhalten, Bier zu brauen", sagte er mit einem freundlichen Lächeln und mit einem deutlichen amerikanischen Akzent, als hätte er noch immer einen Kaugummi zwischen den Zähnen.

Der Mut dieser deutschen Frau, ihm zu sagen, wie ein Gentleman sich zu verhalten habe, hatte ihn wohl sehr beeindruckt. Das Fräulein Metz streckte ihm ihre rechte Hand zum Gruß entgegen, bestätigte ihr Ansinnen und erklärte, dass sie das Landshuter Brauhaus vertrete und dass Bier in Bayern kein Alkohol und auch keine Droge sei, sondern ein wichtiges Nahrungsmittel für die Bevölkerung. Sie zog alle Register ihrer Überredungskunst und argumentierte, dass das nahrhafte Bier schon wegen der mangelnden Versorgung mit Lebensmitteln für die Landshuter Bürger und die umliegende Bevölkerung äußerst lebensnotwendig sei.

Es gelang dem Fräulein Metz mit ihrem Mut und ihrem Charme, den hohen Offizier von der Dringlichkeit des sofortigen Bierbrauens zu überzeugen. Er bot ihr sehr zum Unwillen seines Vorzimmerdrachens Kaffee und Zigaretten an. Und obwohl Fräun Maria keine Raucherin war, ließ sie sich vom Herrn Gouverneur persönlich eine amerikanische Zigarette anstecken, deren Rauch sie gekonnt und mit der gewissen Eleganz und Lässigkeit einer Dame von Welt in den Raum blies. So wie sie es im Kino schon mal gesehen hatte.

Und weil sie es nun schon einmal soweit mit ihrem bayerischen Englisch geschafft hatte und sich auch der Herr Gouverneur redlich Mühe gab, verstanden zu werden, nachdem ihn das Fräulein Metz "f" statt „th" sprechend gebeten hatte, er möge nicht mit dem Hals, sondern mit der Zunge sprechen „Don't schpeak wif fe neck, but wif fe tongue!", holte sie sich auch gleich die Brauerlaubnis für den Wittmann Bräu und für den

Reichardt Bräu und ließ sich dies, sehr zur Verwunderung der untertänigsten Sekretärin, auch schriftlich bestätigen.

So war es der Kühnheit von Fräulein Maria Metz zu verdanken, dass sich nach dem Zweiten Weltkrieg zum ersten Mal wieder die Luft der Stadt Landshut mit dem Duft frisch gebrauten Bieres mischte. Dieser Tag war auch der Beginn einer lebenslangen Freundschaft zwischen dem Herrn Gouverneur und dem Fräulein Maria Metz.

Alice Sandner (Mitte) und Maria Metz rechts 1950

Therese Metz als Herzogin Bronislawa Jagello
mit ihrem Neffen Peter 1950

Die Landshuter Hochzeit

Seit 1903 wird zur Erinnerung an die im Jahre 1475 in Landshut erfolgte Heirat des bayerischen Herzogs Georg des Reichen mit Hedwig Jagiellonica, der Tochter des polnischen Königs Kasimir IV. Andreas, die Landshuter Hochzeit gefeiert. Alle vier Jahre taucht die ganze Stadt ins Mittelalter ein. Bürgerinnen und Bürger verwandeln sich für Wochen in Fürstinnen und Fürsten, in Pagen, fahrendes Volk, Gesinde, Edeldamen und Hofmusiker.

Als Bürgerstöchter der Stadt Landshut hatten wir die Ehre bereits ab 1910 bei der Landshuter Fürstenhochzeit mitspielen zu dürfen. Mein Vater hatte für sein Engagement sogar eine Ehrenurkunde der Förderer, dem Förderverein der Landshuter Hochzeit, erhalten. Erst wirkten wir Mädchen bei der Kindergruppe mit, später durften wir als Edeldamen den Festzug begleiten.

Meine Schwester Maria nähte mit viel Geschick für unsere Kleinen, Kathrin und Annerl, die Kleider für die Landshuter Fürstenhochzeit. Sie spielten 1924 in der Kindergruppe mit und sangen mit Begeisterung:

Es steht ein gold'ner Stern am blauen Himmelsbogen.
Da kam ein schönes Königskind von Polen hergezogen.
Die Glocken läuten und im Dom da brennen die Kerzen.
Mit Freude füllen sich all unsre Herzen.

1938 fand die letzte Landshuter Hochzeit vor dem Zweiten Weltkrieg statt. Nach dem Krieg wurde erst wieder 1950 die Landshuter Fürstenhochzeit gefeiert.

Ich vereinbarte damals mit meinen Freundinnen, bei der Polengruppe mitzureiten. Das war für mich immer die fescheste

Gruppe. Hoch zu Ross, im Damensattel, im Landshuter Hochzeitskostüm einer Fürstin, davon träumte ich schon lange. Wir meldeten uns alle an, wurden aber nur mit der Auflage genommen, gut reiten zu können. Und außerdem musste eine jede von uns sich selbst ein Reitpferd besorgen. Das war natürlich gar nicht so einfach. Es gab nach dem Krieg nur noch wenige Reitpferde. Aber irgendwie schafften wir es doch.

Mit dem Reiten aber war das so eine Sache. Wir hatten reichlich übertrieben, wenn wir behaupteten, wir könnten gut reiten. Und weil uns das Gewissen plagte und wir uns nicht blamieren wollten, meldeten wir uns zu einem Reitkurs an. Hinter der Kaserne war die Reitschule Schwarz. Der Besitzer hatte aus dem Krieg ostpreußische Pferde mitgebracht und in Landshut eine Reitschule gegründet.

Wie verabredet, trafen wir alle pünktlich zur ersten Reitstunde ein. Erst war große Begrüßung bei Herrn Schwarz angesagt. Seine Frage, ob wir schon mal geritten seien, beantworteten wir mit einem wenig überzeugenden Kopfnicken. Die Pferde standen bereits gesattelt da, und unser Reitlehrer half uns Fürstinnen in Spe elegant in den Sattel. Dabei kam es schon vor, dass eine meiner Freundinnen auf der anderen Seite unfreiwillig wieder herunterrutschte. Geduldig richtete uns Herr Schwarz die Steigbügel, gab uns die Zügel richtig in die Hand und ermahnte uns, die Fußspitzen im Steigbügel immer nach oben und die Zügel nicht zu streng zu halten und so weiter. Dann machte er den Vorreiter und wir sollten im langsamen Trab hinterherkommen. Das ging solange gut, bis wir die Kaserne hinter uns gebracht und wir die Wiesen und Isarauen erreicht hatten. Da fingen die Pferde freudig zu galoppieren an, und die Katastrophe war nicht mehr aufzuhalten.

Ein Pferd machte kehrt und rannte ohne Reiterin nach Hause. Meine beste Freundin, Frau von Kuepach, landete in einem Drahtgeflecht und zerriss sich ihre schöne, neue Reithose. Ein weiteres Pferd ging durch und kam ohne meine Freundin Gusti zurück. Die war in eine Kiesgrube geflogen. Ich konnte zum Glück mein Pferd einigermaßen zügeln, obwohl es wie ein Schaukelpferd hin und her hüpfte.

Herr Schwarz, unser Reitlehrer, wurde vor Schreck kreidebleich im Gesicht. Er hatte zu tun, um uns alle einigermaßen heil zurück zu bringen. Dort erwartete uns eine ordentliche Standpauke. Wir hätten ja keine Ahnung vom Reiten und er werde uns fortan an die Kandare nehmen und uns das Reiten beibringen. Einer jeden einzeln! Was er dann auch tat. Mit Erfolg!

Erst wurden unsere Pferde an der Longe geführt, bis wir alle Gangarten eines Pferdes kannten und sicher im Sattel saßen. Dann folgten erste Ausritte und ganz zum Schluss erst durften wir im Damensattel reiten. Bis zur Landshuter Hochzeit beherrschten wir die Kunst des Reitens ziemlich gut. Herr Schwarz, unser Reitlehrer, ritt selbst mit und ich durfte mit ihm das erste Paar in der Polengruppe beim Festzug der Landshuter Hochzeit bilden.

Die erste Landshuter Fürstenhochzeit nach dem Krieg verlief sehr friedvoll und vor allem lustig. Nach den Festspielabenden gingen wir aus und kamen erst spät nachts wieder nach Hause. Ich wurde zur Gruppenführerin gewählt und führte vier Mal die Reitertruppe an. Es wurde mir Lob ausgesprochen dafür, dass nie etwas passierte, obwohl die Pferde, die vom Land reinkamen und recht schreckhaft waren, gar nicht so leicht zu reiten waren.

Ich hatte mir extra ein neues Fürstenkostüm nähen lassen. Der Kunstmaler Franz Högner entwarf es als stilechtes, polnisches Adelsgewand. Der Samt kam aus Venedig. Das polnische Wappen war mit Goldfäden bestickt. Die lange Schleppe war mit Pelz besetzt. Ich durfte die Rolle der Herzogin Bronislawa Jagello, Fürstin von Halicz und Herzogin von Masovien übernehmen. Mein Partner stellte Wladislaw Jagello, den Großfürsten von Litauen und Herzog von Masovien dar.

Wir erlebten viele schöne Abende. Ganz besonders gern erinnere ich mich an unsere Tauffeier. Der Mann einer meiner Freundinnen schrieb für uns die Namen der Polenfürsten von 1475 auf. Er hatte sie in einem Archiv gefunden. Meine Schwester Maria machte zusammen mit ihrem Fürsten als Markgräfin von Baden ebenfalls Taufpatin und stiftete für uns alle ein Essen im Kollerbräu. Dort wurde gefeiert mit Pauken und Trompeten und Fanfaren. Der Abend zog sich in die Länge. Bei Nacht zogen wir alle leicht bis recht angeheitert unter großem Hallo beschwipst durch die Altstadt. Hie und da spielten uns die Fanfarenbläser ein Ständchen.

Einer aus unserer Gruppe verfasste über die Tauffeier ein Gedicht. Das wurde sogar in die Landshuter Zeitung gesetzt.

Die Polnische Taufe

Bis dato mancher Pole zagte,
wenn man ihn nach dem Namen fragte,
und machte gar ein lang Gesicht,
er und sein Weib, sie hießen nicht.
Zwar saß zu Pferd der Polen Schwarm,
doch namenlos, das heißt ganz arm.
Man konnte sie nicht reden an
als mit dem Einheits-Namen „Pan".

Nun hat vor gar nicht langer Zeit
sich eine deutsche Fürstlichkeit
bereit erklärt, den ganzen Haufen
wohl zu benennen und zu taufen.
Und sie bereitete aufs Best´
als Patin ihrem Volk ein Fest;
die unbenennbaren Herrn und Damen
durchs Los erhielten ihre Namen.
Vom Scheitel sind bis zu den Sohlen
sie auch mit Recht nun stolze Polen.

Nach der Landshuter Hochzeit machte ich mit meiner Freundin Inge Freifrau von Kuepach, Herrn Professor Dr. Landes, Chefarzt des Städtischen Krankenhauses und seinen Kindern noch viele schöne Ausflüge zu Pferde ins Schweinbachtal und durch die Isarauen zu den Lehenhöfen. Es waren herrliche Stunden in der Natur, die man nie vergisst.

Zweimal spielte ich auch in der Fürstengruppe mit, dann widmete ich mich der Pflege meiner älteren und kranken Schwester Fini, die bis dahin für uns Geschwister den Haushalt geführt hatte.

Zur Landshuter Hochzeit kamen immer viele Gäste zu Besuch, die von unserer Stadtwohnung im Hirschenwirt direkt am Dreifaltigkeitsplatz aus den Festzug verfolgten. Sie alle waren bei uns herzlich aufgenommen und von unserer festlichen Bewirtung vollauf begeistert.

Wladislaw Jagello und Herzogin Bronislawa
1950

Ein Gedicht meiner Mutter

Wie jedes junge Mädchen besaß auch ich ein Poesiealbum, in dem sich viele meiner Freundinnen mit Sprüchen und Zeichnungen verewigten. Den ersten Eintrag aber machte meine Mutter, als sie mir das Album zum Namenstag schenkte. Sie gab mir folgenden Rat mit auf den Weg:

Ehe Du in Deinem Leben

fest auf einen Menschen baust,

geh mit Vorsicht ihm entgegen,

eh du dich ihm anvertraust!

Schau ihm oft und fest ins Auge,

ob stets offen ist sein Blick;

denn der Menschen Worte trügen,

doch die Augen trügen nicht.

Zum Schluss

Die schönen Stunden im Leben muss man festhalten und die Feste feiern, wie sie fallen.

Zur Erinnerung gewidmet meinem lieben Sohn Alexander von seiner Mutter

am 27. Juni 1977

Therese Metz 1977

Das Leben der Therese Metz

Anna Katharina Metz, geborene Huber, war im siebenten Monat schwanger, als sie am Donnerstag, den 27. Juni 1907, von einem Verwandtenbesuch heimkehrend die steile Stiege, die von der Hofeinfahrt des Weißen Bräuhaus aus in den ersten Stock führte, hinaufstieg, um sich ein wenig auszuruhen. Auf ihren langen Schlepprock tretend verpasste sie oben die vorletzte Stufe und polterte sich zweimal überschlagend die Treppe hinab. Als sie unten ankam, setzten die Wehen ein. Sie wusste nicht, was mehr schmerzte, die Wehen oder die durch den Sturz verursachten Prellungen.

Roman Metz, ihr treuer Gatte, rief sofort den Hausmeister und die Mägde herbei, um seine Gemahlin in das im ersten Stock gelegene Schlafzimmer zu tragen. Die Kinder Anna, Maria und Josefine wurden in die Lourdes-Kapelle neben der Martinskirche zum Beten geschickt. Der Bruder Roman war gerade mal zwei Jahre alt. Als die Hebamme ganz außer Atem das Schlafzimmer betrat, war Therese, das fünfte Kind der Brauereibesitzer und Wirtsleute Roman und Anna Metz, schon auf der Welt. Man gab dem Siebenmonatskind nur geringe Überlebenschancen. Aber die kleine Therese kämpfte sich tapfer ins Leben. Sie brauchte diese Kraft nicht nur zum Weiterleben, sondern auch um all die Enttäuschungen, die ihr das Leben bescheren sollte, mit Gleichmut zu ertragen.

Therese Metz, die sich später gern auch Theresia nannte und von allen Reserl oder Fräulein Resi gerufen wurde, feierte ihren Geburtstag fast bis ins Rentenalter immer am 24. Juli. Irgendein Beamter hatte dieses Datum in seiner Schusseligkeit einmal als ihren Geburtstag in den Pass eingetragen und sogar auf das Jahr 1910 verschoben. So ist es jedenfalls noch in ihrem Ahnenpass aus dem Dritten Reich, dem damals wichtigen Papier zum Nachweis der arischen Abstammung, dokumentiert. Ihr tatsächlicher Geburtstag aber ist der 27. Juni 1907.

Obwohl im Zeichen des Krebses geboren fühlte sie sich jahrzehntelang dem falschen Geburtsdatum entsprechend als Löwin. Ihr Leben verlief aber mehr dem Sternzeichen ihrer wahren Geburtsstunde gehorchend, zwei Schritte nach vorne, einen Schritt zurück.

Wie ihre anderen Geschwister wuchs Therese in ihrem Elternhaus betreut von einer Kinderfrau auf. Ihre Eltern widmeten von 1911 bis 1939 ihre ganze Arbeitskraft von frühmorgens bis in die Nacht vornehmlich dem Geschäft, dem Restaurationsbetrieb beim Ainmiller in Landshut. Dieses Gasthaus war wegen seiner guten Küche weit über die Grenzen Landshuts hinaus bekannt. Es kamen sogar Gäste bis von München mit Bahn und Kutsche angereist, um die berühmte Küche der Anna Metz zu genießen. Viele Rezepte hatte Anna Metz von der Herrschaftsköchin Marie Buchmeier, die sie persönlich kannte, übernommen.

In der höheren Mädchenschule des Ursulinenklosters in Landshut lernte Therese von September 1913 bis Juli 1922 nicht nur die praktischen Dinge des Lebens, wie Haushaltführen, Waschen und Bügeln, sie wurde dort auch in Englisch und Französisch unterrichtet. Die Metz-Töchter mussten in ihrer freien Zeit im elterlichen Betrieb mitarbeiten. Beim Schuhbräu in Bad Aibling lernten sie das Kochen.

„Mir kommt keine meiner Töchter aus dem Haus, die nicht gescheit kochen kann!", war das Gebot ihres Vaters Roman Metz. Therese machte zusätzlich eine Lehre in der Landshuter Zeitung, arbeitet bis 1935 im elterlichen Betrieb und absolvierte

vom 1. August 1935 bis zum 31. August 1939 eine zweite Aus-
bildung im Landshuter Brauhaus, wo schon seit vielen Jahren
ihre älteste Schwester Maria als Chefsekretärin arbeitete. Am 1.
September 1939 wurde Therese Metz „im Hinblick auf ihre gute
Ausbildung, ihren Fleiß und ihre Treue" als Expedientin im
Landshuter Brauhaus fest angestellt.

Zu jedem Ersten und Fünfzehnten eines Monats musste
Therese am Wochenende zuhause hunderte von Bierrechnun-
gen ausrechnen und mit der Hand schreiben. Dazu benutzte sie
einen Tintenstift. Einen Taschenrechner oder gar einen Com-
puter gab es damals nicht. Oft hatte sie von dieser Schreibarbeit
ganz geschwollene Finger.

Ihr Büro lag direkt beim Brauhaus und Bierlager am Hagrain.
Sie blieb in diesem Betrieb bis zu ihrer Kündigung zum 1. Juni
1967. In ihrem Entlassungszeugnis von 1967 steht zu lesen:

„... Sie war verantwortlich für die Aufnahme der Bestellun-
gen und die Abfertigung der Lieferfahrzeuge. Besonders in den
Kriegs- und Nachkriegsjahren hat Fräulein Therese Metz trotz
der schwierigen Personalverhältnisse die ihr übertragenden
Aufgaben in aufopferungsvoller Tätigkeit zu unserer vollsten
Zufriedenheit durchgeführt. Im Verkehr mit den Kunden, ihren
Arbeitskollegen und den Behörden bewies sie auf Grund ihrer
Praxis großes Geschick. Besonders hervorzuheben ist ihre
Treue zum Betrieb, ihre unermüdliche Arbeitskraft und ihr Be-
streben, stets das Beste zu leisten."

Therese Metz verließ das Landshuter Brauhaus nicht freiwil-
lig. Sie hätte gerne noch drei Jahre länger gearbeitet, um ihrem
Sohn ein Studium mitfinanzieren zu können. Man begründete
ihre Entlassung mit der Einführung eines neuen Buchhaltungs-
systems.

Ab Juli 1968 arbeitete sie im Kopierwerk der Bavaria Atelier Gesellschaft mbH in München Geiselgasteig als Filmbearbeiterin für 3,29 DM die Stunde. Sie tat dies ihrem Sohn zuliebe, der damals beabsichtigte die Hochschule für Film- und Fernsehen zu besuchen.

Danach arbeitete sie für 3,30 DM pro Stunde noch zwei Jahre als Verkäuferin bei der Haushaltwarenfirma Ehrlicher in München am Marienplatz und anschließend für drei Tage pro Woche beim Dallmayr in der Dienerstraße in der Versandabteilung. Auch hier wurde ihr „aufgrund personeller Veränderungen fristgerecht zum 31. März 1971" gekündigt. Es war dies ihre letzte Arbeitsstelle. Danach pflegte sie ihre Schwester Josefine, die bisher den Haushalt für ihre Schwestern versorgt hatte. Josefine starb im November 1972 an Krebs. Später galt Thereses Fürsorge ihrer ältesten Schwester Maria, der sie ebenfalls bis zu deren Tod im Dezember 1980 aufopfernd zur Seite stand.

In der Liebe hatte Therese zeit ihres Lebens nie das große Los gezogen. „Die, die ich hätte mögen, haben mich nicht gewollt. Und die, die mich haben wollten, hab ich nicht mögen", beschrieb sie ihr Liebesleben kurz und treffend mit einem Augenzwinkern.

Die Metz-Töchter wurden in Punkto Liebe von ihrem Vater ganz besonders streng gehalten, da man damals Wirtstöchtern im Allgemeinen einen lockeren Lebenswandel zu unterstellen pflegte und er es zu solchen Reden bezogen auf seine Töchter nie und nimmer kommen lassen wollte.

Therese schwärmte ihr Leben lang von Königen, Fürsten und Adeligen, aber auch von feschen Offizieren. Als Kind hatte man ihr erzählt, ihre Vorfahren seien einmal selbst adeligen Geblüts mit dem Titel „de Metz" gewesen. Angeblich hatte sich ein Vorfahre de Metz sogar mit einer Spende für das goldene

Dachl in Innsbruck verdient gemacht. Wen wundert´s, dass ihre erste große Liebe in der Tat ein Offizier aus dem Adelsstande war, der Vater ihrer besten Freundin. Eine geheime Liebe! Walther Freiherr von Sartor lebte in Scheidung und hätte Therese sicherlich geheiratet, wäre er nicht im letzten Jahr des Zweiten Weltkriegs für Führer, Volk und Vaterland gefallen. Er wurde in Frankreich Opfer eines Tieffliegerangriffs.

Gegen Ende des Zweiten Weltkriegs verliebte sich Therese in Vlado, einen serbischen Zwangsarbeiter. Er kam aus dem Lager StaLag bei Moosburg und wurde als Arbeiter dem Landshuter Brauhaus zusammen mit Antelji, einem anderen jugoslawischen Kriegsgefangenen, zugeteilt. Die Liebschaft zwischen Vlado und Therese war ein lebensgefährliches Unterfangen. Erstens war dies einer Bürgerstochter nicht würdig und zweitens galt es als Hochverrat an Volk und Vaterland, sich mit einem Feind des deutschen Volkes einzulassen. Anderen Frauen, die man bei solchen Liebschaften erwischte, wurden die Haare abgeschnitten und man trieb sie so durch die Stadt. Therese erinnerte sich sehr wohl an das Franzosenliebchen, der Schwester der Herzer Liesl, der man während des Ersten Weltkriegs so übel mitgespielt hatte. So zog sie es vor, ihre Liebe zu Vlado geheim zu halten.

Als man befürchtete, die Amerikaner würden im Mai 1945 den Gefangenen aus dem Lager StaLag und anderen KZ-Häftlingen die Stadt Landshut zur Plünderung freigeben, wie es in anderen Städten durchaus der Fall war, beschützte der serbische Zwangsarbeiter Vlado bereitwillig Therese und ihre Schwestern vor möglichen Übergriffen. Als Vlado im Juni 1945 zurück in den Kosovo zu seiner Frau und seinen Kindern fuhr, war Therese von ihm bereits schwanger. Ein Skandal für die bürgerliche Gesellschaft Landshuts, so schätzten wenigstens ihre Schwestern die ungewollte Schwangerschaft ein.

Therese musste ihre Mutterschaft verheimlichen. Sie verbrachte die letzten Monate ihrer Schwangerschaft in Cham bei ihrer jüngeren Schwester Kathrin. Dort gebar sie am 10. März 1946 ihren einzigen Sohn Alexander.

In Landshut erzählten ihre Schwestern, sie habe sich beim Einsteigen in den Zug ein Bein gebrochen und müsse deshalb für einige Wochen das Bett hüten. Zwei Tage nach der Geburt ihres Sohnes ging sie wieder nach Landshut zurück zur Arbeit. Ihren Sohn gab sie in die Obhut einer Pflegemutter. Erst nach vierzehn Jahren konnte sie sich zu ihrer Mutterschaft und damit auch zu ihrem Sohn offen bekennen. Sie nannte ihn oftmals mit einem Augenzwinkern ein Kind der Liebe. Wer sein Vater war, verriet sie ihm jedoch nie.

Aus Briefen, die sie niemals abgesandt hatte, ist zu ersehen, dass Therese sich nach dem Krieg noch einmal verliebt hatte. Sie behielt ihre innigsten Gefühle jedoch für sich und teilte sie nicht einmal John, dem amerikanischen Offizier mit, dem sie eigentlich galten.

Therese war trotz aller Enttäuschungen und Rückschläge, die sie in ihrem Leben einstecken musste, kein Kind von Traurigkeit. Sie spielte vortrefflich Tennis, ging, wenn die Zeit es erlaubte, gerne ins Theater oder besuchte Operettenvorstellungen im Deutschen Theater in München. Sie selbst spielte Klavier, sang Arien und Lieder, besuchte Bälle, frischte immer wieder ihre Sprachkenntnisse in Englisch und Französisch auf und lernte auch Reiten, um bei der Landshuter Hochzeit als polnische Fürstin mitspielen zu dürfen.

Am 8. Februar 1952 wurde sie Mitglied im Verein der Förderer, „um mitzuhelfen an der Erreichung des Zieles, das Ansehen und den Ruf Landshuts durch unser schönes Heimatspiel zu fördern und zu mehren."

Am 7. Juli 1953 wurde sie vom „polnischen Adel" mit einem großen Teller aus einer Landshuter Keramikschule geehrt, weil sie die Polengruppe der Landshuter Fürstenhochzeit mit einer Rede, die sie in Russisch hielt, erfolgreich aus der Taufe gehoben hatte. Sie machte viele Jahre aktiv bei der Landshuter Hochzeit mit, zuerst hoch zu Ross in der Polengruppe, zuletzt als Herzogin von Masovien in der Fürstengruppe.

Therese Metz bewahrte sich ein Leben lang die Fähigkeit, das Leben von der positiven Seite aus zu betrachten. Sie verstand es, jeder Situation etwas Schönes abzugewinnen. Als sie für ihren Sohn wenige Jahre vor ihrem Tode ihre Erinnerungen an die gute alte Zeit beim Ainmiller von 1911 bis 1939 aufschrieb, dokumentierte sie in der ihr eigenen Art mit lustigen Geschichten eine eher heile Welt. Sie spricht von goldenen Zeiten, als das Bürgertum noch hoch in Ehren stand. Es war aber genau das von ihr verehrte Bürgertum, das ihr als Mutter vermeintlich die schönsten Augenblicke ihres Lebens missgönnte.

Im Dezember 1980 erlitt Therese Metz infolge ihres Altersdiabetes einen Herzinfarkt. Am Karsamstag 1981 wurde ihr das linke Bein amputiert. Sie starb am 28. Mai desselben Jahres um 16:10 Uhr versehen mit den Heiligen Sterbesakramenten in den Armen ihres Sohnes.

Ende

Nachwort

Seit ich mit neun Jahren das erste Mal aus dem Bayerischen Wald in die große und beeindruckende Stadt Landshut zu meiner richtigen Mutter und ihren Schwestern kam, sog ich alles, was ich dort erlebte und hörte, interessiert und wissbegierig in mich auf. Es waren vor allem die Geschichten, die ich hörte, Geschichten über die Stadt Landshut, meine Großeltern, den Ainmiller, vom Landshuter Brauhaus, von den Fürsten und Fürstinnen der Landshuter Hochzeit, von respektablen Bürgerinnen und Bürgern der Stadt.

Meine Mutter folgte meiner Bitte und schrieb mit 70 Jahren, vier Jahre vor ihrem Tod, ihre Erinnerungen vor allem an die Zeit zwischen 1911 und 1939, in der meine Großeltern den Ainmiller in Landshut als Pächter führten, auf. Einige Geschichten habe ich anhand von Erzählungen, an die ich mich wiederum erinnern kann, ergänzt. Die meisten Rezepte habe ich dem handgeschriebenen Kochbuch der Tante Fini von 1916 entnommen.

Da ich im Facebook auf der Landshut-Seite viele Interessenten für diese Geschichten aus längst vergangener Zeit fand und ich so viele positive und ermutigende Rückmeldungen erhielt, fühlte ich mich motiviert, diese Erinnerungen in einem Buch für Landshuter Freunde und Freunde Landshuts festzuhalten.

Ich wünsche allen Leserinnen und Lesern viel Freude beim Eintauchen in längst vergangene Zeiten, die zwar nicht unbedingt besser waren, aber in denen die Menschen mit weniger glücklich und zufrieden sein konnten.

L. Alexander Metz

So war's und ned anders – Der versteckte Bua

Alex ist ein Kind der Liebe. Da sein Erzeuger ein Zwangsarbeiter ist und niemand von der Schwangerschaft seiner Mutter erfahren darf, wird er in Cham, einer Kleinstadt im Herzen des Bayerischen Waldes, im damaligen Armenhaus Deutschlands, versteckt gehalten. Seine Geschichten erinnern an alte Zeiten, die zwar nicht besser waren, in denen die Menschen aber mit weniger glücklich und zufrieden sein konnten.
Ein BoD-Bestseller.

als Buch: ISBN 978-3-7386-4202-5
als eBook: ISBN 978-3-7392-7815-5

Der zerbrochene Engel

Quem Deus amat eum castigat
Wen Gott liebt, den züchtigt er

Alex, der Sohn eines Zwangsarbeiters, den man bisher in Cham bei einer Pflegemutter versteckt hielt, kommt mit 9 Jahren ins Internat. Aus ihm soll einmal etwas werden, meint seine echte Mutter und freut sich, dass er wegen seiner glockenhellen Sopranstimme im Chor der Regensburger Domspatzen aufgenommen wird. Eine harte Zeit steht ihm bevor, nicht zuletzt, weil jeglicher Kontakt zu seiner geliebten Pflegemutter unterbunden wird. Das einzige, was ihn mit ihr noch verbindet, ist ein geweihter Schutzengel aus Gips, den sie ihm zum Abschied schenkt.

Buch: ISBN 978-3-7448-3548-0
eBook: ISBN 978-3-7448-0605-3

"I woaß ned, war die Zeit schuld oder war i selber schuld an meinem Leben?"

So beendet Ossi, der treusorgende Familienmensch, der zuver-
lässige Freund, der Herzensbrecher, der Zuhälter, der Anstifter
zum Mord und Mörder seine Lebensbeichte.

Ein Blick in eine wenig bekannte Welt im München des 20.
Jahrhunderts. Humorvoll und spannend geschrieben.

Ein BoD-Bestseller.

als Buch: ISB 978-3-8423-7369-3

als eBook: ISBN 978-3-8448-6972-9

ROSE MARIE BRAUN

LUSTIG UND KREIZFIDEL
EIN LEBEN 1910 - 1999

L.A.M.

„Warum nur hab ich immer Pech?"

Es war nicht Neid, was sie empfand. Es war ein anderes, tieferes Gefühl, eine Art Traurigkeit.

Mitreißend und ergreifend geschrieben, die wahre Geschichte der Münchnerin Mathilde Markelstorfer, die nicht zu den Reichen und Schönen gehörte.

Ein bemerkenswertes Zeitdokument des 20. Jahrhunderts.

Ein BoD-Bestseller.

Buch: ISBN 978-3-7322-9091-8
eBook: ISBN 978-3-7357-1653-8